W0411209

Rose bonbon noir goudron

Du même auteur chez le même éditeur

Ado blues
L'Amour à boire
Aurore barbare
Intrusions, avec André-Paul Duchâteau
Journal de Jamila
La Douce Odeur des pommes
La Forêt plénitude
La Remplaçante
Le Coupable rêvé, avec André-Paul Duchâteau
Manipulations, avec André-Paul Duchâteau
Monsieur Bonheur
Rue Josaphat
Tabou
Vidéo poisse

© 2009, Éditions Mijade
Rue de l'Ouvrage, 18
B-5000 Namur

Couverture : Guy Servais / Shutterstock.

D/2009/3712/14
ISBN 978-2-87423-035-6

Imprimé en Belgique

Frank Andriat

Rose bonbon, noir goudron

roman

Mijade zone J

à Roger,
pour les multiples bonjours
qu'il offre au monde.

Aimer quelqu'un, c'est le lire. C'est savoir lire toutes les phrases qui sont dans le cœur de l'autre, et en lisant le délivrer.

Christian Bobin, *La lumière du monde.*

1

Chez moi, le mot « bonjour » n'existe pas. Le matin, mon vieux m'ignore et ma mère est juste capable de me rappeler de filer au bahut sans traîner. À midi, je déjeune au collège et le soir, quand je reviens à la maison, mes géniteurs m'offrent leur insupportable indifférence. Si je le pouvais, je vivrais seule. Ce serait tellement plus cool. Mais je n'ai ni le fric ni l'âge requis et c'est donc impossible.

Je m'appelle Mélanie et j'ai quinze ans. Selon certains, je suis chiante – mes profs, lorsque je les dérange et mes parents, le reste du temps. En fait, ces gens-là ne savent rien de ma vie et ça semble largement leur suffire.

J'ai appris à vivre seule. Je me débrouille comme une grande depuis le jour de mes neuf ans, celui où ma mère a oublié de me souhaiter un heureux anniversaire. À l'époque, ça m'a fait souffrir parce que, même si, chaque année, elle venait vers moi avec un vilain sourire pour m'annoncer que j'avais un an de plus, je considérais ses bons vœux comme une preuve de mon existence au monde. Ce matin-là, quand je suis descendue dans la cuisine, elle ne s'est même pas retournée, elle a continué à siroter sa tasse de café et m'a demandé ce que je foutais parce qu'en silence, debout à côté d'elle, j'attendais qu'elle me dise « Bon anniversaire, Mélanie ». Je n'ai rien osé lui répondre. Lasse et blessée, j'ai quitté la pièce, la tête basse et le cœur en compote. La petite fille que j'étais s'est pris un tel coup de pied au cul qu'elle a grandi de plusieurs années en quelques minutes. J'ai songé à mes amies qui décrivaient, avec des perles dans les yeux, les cadeaux qu'elles recevaient et la fête qu'on organisait autour d'elles. Chez nous, l'argent manquait pour les cadeaux et il fallait que je me rende à l'évidence : il nous manquait aussi le bonheur.

Puisqu'il n'était plus permis d'être une enfant, j'ai oublié, une fois pour toutes, mes poupées, les câlins et mes rêves. À dater de ce jour, mes copines de classe m'ont souvent répété qu'elles ne m'avaient jamais connue aussi renfermée. Mais je ne les écoutais pas puisque me montrer fragile et avoir du cœur appartenaient désormais au domaine de l'impensable.

J'ai appris à vivre comme mes parents, dans la plus entière ignorance et dans le plus complet mépris de l'existence de l'autre. À la maison, chacun se comporte en Robinson et ne s'occupe de son voisin que lorsque celui-ci le dérange. Les absences fréquentes de mon père l'empêchent souvent de manger avec nous et il arrive que ma mère préfère grignoter à n'importe quel moment de la journée, me condamnant ainsi à me nourrir avec pour seule compagnie le mur de vieux carrelages blanc cassé de la cuisine et mon silence. Pendant ce temps, elle est vautrée dans la pièce à côté, devant la télé qui dégorge ses jeux débiles pour candidats millionnaires. Ce manque de considération me pèse. À l'école, j'entends dire qu'aux heures des repas, mes copines se retrouvent autour de la table avec leurs parents et échangent avec plaisir les différents événements vécus par chaque membre de la famille. Moi, je suis seule. Je préférerais une colère, une dispute, un événement qui me rappelle que je suis vivante. Mais, comme je ne partage rien, je me replie sur moi-même et je me console en me persuadant que c'est ça la grande vie, celle des adultes, celle que mes potes découvriront bien trop tard pour pouvoir s'en défendre.

En moins de six ans, je me suis transformée en roc. Plus rien ne me touche, ni les crises nerveuses de ma mère, ni les coups de gueule, les regards torves et les trop longues absences de mon père, ni même la vie sans vie que je mène. Je suis presque fière de me dire « Mélanie, tu es inébranlable, Mélanie, tu es la force pure ! ». Retranchée dans mon monde, je n'ai à me préoccuper ni des guerres, ni des horreurs, ni de la misère, ni du bonheur. En quelques années, je me suis bâti un empire intérieur que j'ai entouré d'une longue et haute muraille pour que personne ne s'y infiltre. À quelques-uns seulement, j'ouvre une des portes de mon cœur, mais j'ai décidé qu'on n'y pénétrerait jamais. C'est là que j'ai caché le mot « bonjour ».

C'est là qu'il est interdit de s'introduire sous peine d'être tué par Barbe-bleue. J'ai toujours adoré ces contes enfantins pleins de mystère et de terreur. Ils me semblent tellement plus joyeux, plus audacieux, plus aventureux que l'existence dont j'ai revêtu le manteau.

Mon Barbe-bleue à moi est un individu sans envergure ; parler de lui ne fait ni frissonner, ni rêver. Mon Barbe-bleue, c'est mon père et il n'éveille que du dégoût dans mon cœur. Dès mes douze ans, en plus de la peur que sa violence gratuite faisait sourdre en moi, j'ai éprouvé pour lui une profonde aversion. Quand une copine passait à la maison, s'il était présent, il la scrutait d'un regard gourmand comme si le corps en fleur des filles de mon âge pouvait faire l'objet de sa convoitise. J'avais honte de ses yeux qui bavaient lascivement lorsque mes amies traversaient la pièce. J'étais révulsée par ses marques d'intérêt à peine voilé lorsqu'il me surprenait dans une blouse moulante et avec une jupe un peu courte. C'était minable et malsain, mais, heureusement, il n'a jamais été plus loin que quelques mots ou des regards. S'il avait osé m'effleurer, je crois que je l'aurais tué. Je considère ce type comme un raté qui oublie qu'il est nul en étant violent. Je le hais et c'est sans doute pour cela que je me montre souvent injuste à son égard.

Il a appris à se méfier de moi, à m'éviter. Un matin qu'il me matait de trop près, j'ai demandé à ma mère s'il était normal qu'un père observe sa fille comme un morceau de bidoche. À ma grande surprise, elle a réagi très violemment, l'a rejoint dans le salon, s'est plantée devant lui et lui a hurlé au visage qu'il pourrait au moins me dispenser de ses pulsions putrides. J'ai aimé l'expression et j'ai ri. « Pulsions putrides ! » ; les mots puaient tout seuls ! Le sinistre Barbe-bleu-pâle nous a regardées tour à tour, s'est levé sans un mot et a quitté le salon, la queue entre les jambes. Après cet incident, il s'est montré prudent, a même évité de se retrouver dans la même pièce que moi. Il ne m'a plus adressé la parole qu'en cas de force majeure. Je me sens seule, si seule ; à quinze ans, malgré toute la vie qui grimpe en moi, à quinze ans, j'ai encore besoin d'un père.

Jusqu'il y a quelques semaines, je n'en avais pas conscience et je me sentais assez forte pour affronter le monde. Pendant des années, je me suis nourrie de l'image que je m'étais forgée de moi : Mélanie, la fille solide et courageuse qui avait pour idéal de mettre à ses pieds tous les démons de la Terre, Mélanie, seule et battante, terrassant les obstacles de son chemin comme si elle soufflait sur des châteaux de cartes.

Nombreux sont ceux qui ont appris qu'il n'est pas bon de se frotter à moi quand je n'en ai pas envie. Même des profs en ont fait l'expérience. Je me souviens encore de la tête qu'a tirée madame Baratinto, ma prof de sciences, quand je me suis levée et que j'ai quitté la classe sans un mot parce qu'elle s'était tournée vers moi et m'avait lancé que si son cours ne m'intéressait pas, je pouvais sortir. Tout ça parce que, pendant qu'elle causait amibes, j'avais tourné les yeux vers la cour où des élèves disputaient un match de basket. L'affaire s'est terminée dans le bureau du proviseur, Baratinto ne pouvant supporter qu'« une élève la snobe avec autant d'outrecuidance ». Tu parles d'une conne !

Cette après-midi-là, quand je suis entrée dans le bureau du proviseur sur les talons de Baratinto, je n'ai pas plus eu droit à un bonjour que je n'en reçois à la maison.

– Alors, mademoiselle, il paraît qu'on est en conflit avec la politesse ?

L'accueil digne d'un hôtel sans étoiles ! Et mon bonjour, Ducon ? Et cette façon de t'adresser à moi en utilisant un pronom impersonnel ? Tu ne pourrais pas fournir un effort pour être en phase avec un peu d'humanité ? Bien entendu, je n'ai rien soufflé de ce que je pensais. Je devais jouer le jeu de la pauvre Mélanie éplorée d'avoir dépassé les bornes si je voulais que ce gros lard et Baratinto passent l'éponge. Le provo m'a servi son laïus sur le respect que les adolescents sont censés devoir accorder aux adultes et sur son vif espoir de me voir suivre un chemin plus correct si je voulais rester à long terme dans son établissement. Bla-bla, et cætera. Je l'ai laissé vider son sac, ai silencieusement acquiescé et l'ai quitté sur la promesse de dorénavant mieux me tenir. Il fallait que je fasse profil bas si je voulais qu'il me fiche la paix. Encore un type qui ne s'occupe que de ravalement de façade, encore un qui croit qu'on sauve la situation en faisant bonne figure. La grimace est peut-être plus belle, mais elle ne demeure qu'une grimace. J'avais tellement envie de balancer au provo que les adolescents respecteraient plus les adultes si ceux-ci les considéraient mieux et leur faisaient davantage confiance, mais ce donneur de leçons aurait-il compris mon message ? Il ressemble tellement à mes vieux. Quelle hypocrisie ! Il paraît que ça fait partie des règles qui nous permettent de vivre en société.

Mes parents ne m'ont pas appris le savoir-vivre. Ils ne m'ont enseigné que l'art de haïr les autres et de me détester moi-même. C'est peut-être le mot « barrière » qui leur convient le mieux ; ils mettent des barrières entre la vie et eux, entre l'amour et eux, entre leur fille unique et eux comme ils en ont installé dans leur couple : elle et lui ne communiquent pas, elle et lui s'ignorent sauf quand ils s'insupportent. Il a pourtant bien fallu qu'ils se rapprochent pour me donner la vie. On ne fabrique pas un bébé à distance. Donc, un jour, bien avant que je m'en souvienne, elle et lui ont dû se plaire assez pour faire l'amour et pour désirer ma venue sur la Terre.

Boris, un de mes voisins au caractère noir de noir, 70% pur chaos, s'est payé ma tronche le jour où je lui ai déclaré ça.

– Pauvre idiote, ptêt bien qu'ta mère s'est fait niquer comme une salope et que t'es rien qu'un accident !

J'en suis restée bouche bée et j'ai déprimé pendant trois jours. La manière dont Boris envisageait la réalité de ma naissance était peut-être plus plausible que la mienne. Pas besoin de s'aimer pour fabriquer un gosse. Une semaine plus tard, quand je l'ai croisé dans l'escalier, je lui ai dit que j'avais été aux infos et que sa version était bancale :

– Ma mère n'est pas une salope. C'est juste une conne qui s'est fait engrosser par mon père.

Je ne savais pas si cette version était plus juste, mais elle me convenait mieux. Boris a haussé les épaules et m'a répondu que, de toute façon, ça n'avait aucune importance, mais que ce qui était certain c'est qu'il n'avait pas fallu qu'ils s'aiment pour m'avoir.

Même si cette façon de voir mon atterrissage sur la piste de décollage de la vie me fiche les boules, elle convient mieux à la réalité que toutes les histoires qu'on invente pour faire croire aux gosses que le monde est un conte de fée. Pendant mes quinze premières années, les fées se sont d'ailleurs montrées drôlement discrètes ! Peut-être existe-t-il une formule pour qu'elles apparaissent ? Petite, j'aurais tellement voulu les voir s'approcher de mon lit, se pencher sur moi et me souffler dans l'oreille les paroles tendres que j'attendais le soir, avant de m'endormir. À force de ne jamais les rencontrer, j'ai appris à me moquer de leur existence et à rire de mes copines qui clamaient haut et fort que leur vie était merveilleuse !

Les fées, Saint Nicolas, le Père Noël et les anges joufflus ! Ça fait longtemps que je les ai tous flanqués à la porte ! Vivre dans le réel est mon atout pour ne pas avoir peur. J'aime ce que je maîtrise, ce qui ne me résiste pas, or quoi de plus inconsistant, de plus léger, de plus fébrile, de plus difficilement maîtrisable que les rêves ?

Pendant des années, j'ai réussi à maintenir le cap et à exister, à l'abri des autres et de la vie. Je ne voulais plus être déçue. Je croyais que mon édifice était solide et qu'il résisterait à tous les tremblements de cœur. Mon existence me semblait réglée comme du papier à musique. Je n'imaginais même plus qu'un jour, je pourrais tomber amoureuse.

2

– Bonjour à tous ! Vous allez bien ?

Il avait un sourire sympathique et semblait croire à ce qu'il déclarait. Il a parcouru la salle du regard pendant quelques secondes, a de nouveau souri et a lancé cette phrase idiote :

– Bonjour ! Bon jour ! Je vous souhaite le bon jour !

Je me suis dit qu'on était partis pour une de ces conférences apocalyptiques qui sentent le bonbon trop sucré et les bonnes paroles inutiles. Dans la salle où nous étions plus de cent, quelques-uns ont ricané, d'autres ont eu des réflexions moqueuses que les profs ont fait immédiatement cesser à coups de regards menaçants.

Ils nous avaient prévenus : ceux qui ne se tiendraient pas correctement et qui nuiraient ainsi à la réputation de l'école seraient sévèrement sanctionnés et le provo n'aurait aucune pitié.

Le bouffon qui nous souhaitait le bonjour de manière débile était un psychologue, auteur de nombreux livres sur les relations humaines. Une sommité qui vivait dans notre ville ! Robert Littré. Avec un prénom et un nom de dictionnaires, j'aurais dû deviner que cet homme allait jouer avec les mots ! Une belle façade, la cinquantaine à peine grisonnante, le corps athlétique, le visage délicat percé de deux superbes yeux verts. Le genre à plaire aux femmes. Un gars qui avait voué son existence à la compréhension de l'autre et qui paraissait en être heureux : vif, séduisant et sans doute très intelligent. Il semblait savoir ce qu'il voulait et son « bon jour » du départ n'avait rien de gratuit. Il aimait visiblement parler devant un groupe. Moi qui suis murée dans mon silence, j'étais abasourdie par les mots qu'il sortait en rafales avec une volubilité étourdissante. Je me suis calée sur mon siège et, franchement, je me suis attendue au pire.

Au début de sa conférence, je ne me doutais pas de ce qu'elle allait éveiller en moi. Persuasif et profondément sympathique, Robert Littré m'a bouleversée. Au fur et à mesure de ses paroles, j'ai senti mon ventre se nouer et, bientôt, l'angoisse qui remontait du fond de moi est devenue tellement forte que je ne pouvais plus bouger un cil. Rivée à mon siège, complètement immobile, prête à défaillir, je me suis laissée transpercer pendant plus d'une heure par les phrases assassines du psy.

Je m'attendais à ce qu'il nous cause de ces théories psycho-pédago-humanistes qui auraient sur nos vies de ploucs pouvoir et discernement, mais l'homme aux yeux verts n'a rien fait de cela. Il nous a parlé de l'amour comme étant une galette au miel que la vie nous offre et dont nous ne voulons pas ; il nous a parlé de pauvreté, de fragilité, de sensibilité, de notre quotidien à tous que nous pourrions embellir si nous nous rendions plus proches les uns des autres. En l'écoutant, j'ai compris ce que signifiait l'expression « boire les paroles de quelqu'un ». Tout en me laissant envahir par ses paroles, je sentais l'angoisse monter en moi ; ce que déclarait le conférencier faisait trembler les bases de l'édifice que j'avais construit au fil des jours sans sel de ma vie.

« Bonjour, bonjour ! Lorsque vous vous adressez à l'autre, vous lui parlez de son existence, du fait qu'il est important pour vous et que vous tenez compte de sa présence sur la terre. Sans bonjour, sans accueil, celui qui vous fait face n'existe pas. L'enfer, c'est la non-présence, l'indifférence. »

Chaque phrase était un coup de poing; j'encaissais comme un boxeur au bord du KO, refusant de me laisser aller, me contractant pour que l'adversaire ne me vainque pas. À un moment, j'ai senti qu'on me poussait du coude. C'était Nora, ma voisine de gauche, qui m'a murmuré :

– Eh, Mélanie, ça va ? T'as l'air d'une morte !

Je savais que, si je me tournais vers elle, je craquerais. Il ne fallait pas que je bouge d'un poil, mais l'idiote a insisté, m'a serré l'avant-bras et a ajouté :

– Putain, réponds, t'as l'air d'un cadavre !

Les phrases du bouffon, ses beaux yeux verts qui embrassaient la salle d'un amour qui sentait la gaufrette chocolatée, l'impression que j'avais qu'il était venu au bahut pour s'adresser à moi, rien qu'à moi, la tension nerveuse qui m'habitait, c'en était trop. Je me suis brusquement retournée vers Nora et j'ai hurlé :

– Ta gueule ! Ta gueule !

Évidemment, ça a créé un blanc. Le conférencier s'est tu et ses yeux verts se sont tournés vers moi. Ceux des autres aussi, de tous les autres : les élèves et les profs. Nora me fixait d'un air effaré que je ne lui avais jamais vu. Mon hurlement m'avait libérée de mon angoisse et j'avais l'impression de me trouver retranchée dans ma tour d'ivoire, à l'abri de tous ces regards posés sur moi comme sur une curiosité foraine. En lançant « Ta gueule ! » à Nora, j'avais un peu l'impression de l'avoir dit au psychologue de service et de m'être ainsi délivrée de ses phrases qui détruisaient mon univers.

Le provo assistait à la conférence, mais c'est la mère Baratinto qui a réagi la première. C'était bien ma veine qu'elle soit assise dans la rangée derrière moi ! Elle s'est levée et m'a ordonné de sortir sur un ton sec et cassant. Dans la salle, on aurait pu entendre péter une mouche. Les autres savaient qu'entre Baratinto et moi, c'était la haine et ils s'attendaient à un revers de ma part qui lui ferait perdre la balle qu'elle achevait de m'envoyer. Robert Littré s'est montré le plus rapide ; pour ramener l'attention vers lui sans doute, il a toussoté et, dans la salle silencieuse, ça a eu l'effet d'un coup de tonnerre. J'ai perçu le mouvement des corps qui se tournaient tantôt vers lui, tantôt vers moi, aussi j'ai regardé dans sa direction.

Il me souriait ! D'une voix posée et tranquille, il m'a demandé si je voulais écouter la fin de sa conférence ou si je préférais sortir. J'avais l'impression que ses beaux yeux verts scannaient mon âme et en visitaient les pièces les mieux protégées. J'ai été secouée d'un grand frisson et, sans rien pouvoir maîtriser, les larmes aux yeux, j'ai murmuré :

– Rester.

Son sourire s'est élargi et, comme si rien ne s'était passé, il a tourné les yeux vers le groupe et a lancé :

– Nous pouvons poursuivre alors, si madame n'y voit bien entendu aucun inconvénient.

Baratinto a acquiescé et a tenté de jouer le rôle de celle qui acceptait l'incident sans broncher, mais je savais qu'un jour, elle me ferait payer cher l'affront que je venais de lui faire subir. Malgré son ordre de sortir, je demeurais dans la salle et cela avec l'approbation du conférencier !

Celui-ci a repris son discours où il en était resté comme si rien ne s'était passé. Pour moi, pourtant, plus rien n'était semblable. J'avais le sentiment d'être devenue le point de mire de tous. Dans ma tête résonnaient les questions que j'imaginais que chacun se posait : pourquoi a-t-elle hurlé, à qui s'adressait-elle, cette fille est dingue, qu'est-ce qu'il lui prend ? J'ai constaté que

Nora fixait le conférencier sans me prêter la moindre attention. Elle avait éloigné sa chaise de la mienne pour me signifier sans doute qu'elle ne me pardonnait pas mon esclandre. Elle n'avait pas tort ; elle s'était préoccupée de moi et je l'avais ouvertement et grossièrement envoyée paître. Derrière moi, j'imaginais les yeux de Baratinto qui me transperçaient la nuque de leurs pointes de colère glacée. Le provo était installé au premier rang et j'avais capté le regard assassin qu'il m'avait lancé quelques secondes après mon hurlement. Lui aussi aurait sans aucun doute un compte à régler avec moi, lui aussi voudrait savoir pourquoi l'élève transparente et peu émotive qu'était Mélanie Bertrand s'était ainsi donnée en spectacle. Un profond désarroi m'a envahie : avec ses quelques phrases bien plantées, ce fichu psycho-pédago-humanologue avait détruit l'image que je montrais de moi. Pire, je sentais avec effroi qu'il avait fait s'écrouler mes certitudes, qu'à partir de ce jour plus rien ne serait pareil, que je ne pourrais plus vivre sans recevoir de l'autre un peu d'attention et un zeste d'amour.

Tout bouillonnait en moi. J'avais une envie folle de recevoir ce que je n'avais jamais eu. Tout à coup, je n'étais plus fière de pouvoir me priver de tout ce qui faisait plaisir aux autres, je ne voulais plus vivre en marge, en solitaire. Je me retrouvais au jour de mes neuf ans, la môme qui crevait de douleur parce que sa mère ne lui souhaitait pas un heureux anniversaire.

J'avais résisté trop longtemps ; j'avais tenté pendant de si longues années de nier mes besoins affectifs. Ni mon père – cet homme à l'allure torve, cet éternel absent – ni ma mère – cette déphasée – ne m'avaient donné l'affection à laquelle j'avais droit. Là, soudain, je voulais recevoir, recevoir et recevoir encore. Recevoir et donner.

Pour arrêter cette effusion de sentiments,

je suis revenue au discours du psy, j'ai tenté de me concentrer sur sa personne d'abord, sur ses paroles ensuite, mais celles-ci attisaient ma fièvre. « Votre prochain est celui dont vous vous rendez proche et vous ne pouvez aimer que celui dont vous vous approchez. On n'aime pas à distance, on n'aime pas par procuration, on aime l'autre comme s'il était un peu soi et c'est pour cela qu'on ne peut pas aimer la vie sans s'aimer soi-même. »

Les mots de Robert Littré me pénétraient comme ces mains des guérisseurs philippins qui vont chercher en vous les pires maladies. Mon cœur battait la chamade, partagé entre le désir de demeurer dans les frontières qu'il avait toujours connues et l'envie de se lancer dans le vide, en quête de cet amour qu'il faisait apparaître comme si désirable.

Je n'y comprenais rien ; j'étais désorientée. Cet homme semblait détenir les clefs de toutes les portes que j'avais appris à fermer. Pas de père, on l'oublie. Peu de mère, on l'efface. Amour zéro, on se barricade. Et là, j'absorbais des mots qui déchaînaient mes envies et mes peurs. J'ai failli me lever, quitter la salle pour échapper au raz de marée qui s'abattait sur ma vie. J'étais paniquée. J'en venais à craindre mes réactions. J'étais capable de fondre en larmes, même de fuir. Mais comment affronter le regard des autres après cela ?

J'ai tenu jusqu'au bout ; Robert Littré a terminé sa conférence en nous ramenant au début, à ce « bon jour » qu'il nous avait souhaité d'emblée, à ce bonjour qu'il nous invitait à nous adresser au quotidien, avec le plus de délicatesse possible car, a-t-il conclu, « ce bonjour répété comble dans bien des cas les manques d'amour et de tendresse ». Quand le psychologue s'est tu, le provo s'est levé et a applaudi. Les profs ont suivi et, par des gestes discrets mais déterminés, ils ont invité les élèves à en faire autant. À ma droite, Nora s'est levée sans m'accorder un regard. Pour elle, je puais. Je me suis dit en ricanant qu'elle avait merveilleusement assimilé le message du psy et je me suis demandé ce que la plupart de ceux qui étaient réunis dans la salle en avaient retenu.

Malgré mon souhait de ne pas me faire remarquer une nouvelle fois, je n'ai pas pu bouger. J'étais rivée à mon siège, les joues incendiées. « Bonjour, bonjour ! » : ces mots résonnaient en moi. Dans mon dos, j'ai entendu Baratinto grogner :

– Debout, Mélanie Bertrand !

Pour rien au monde, je n'aurais été capable de lui obéir. J'étais affaissée, submergée par moi-même et par les mots du cœur que le conférencier aux yeux verts avait prononcés. Tout le monde s'est rassis et son visage, qui m'avait été caché par l'assemblée en train de l'applaudir, a reparu.

Il regardait dans ma direction en souriant. Jamais, jamais de toute ma vie, je n'oublierai ces yeux-là : ils m'accueillaient comme je ne l'avais pas été durant mes quinze années d'existence. Enfin, on ne me jugeait pas, enfin, on n'exigeait rien de moi. Une personne m'invitait, sans rien attendre, à lui répondre « Bonjour ».

3

J'ai abandonné la lecture de mon roman quand j'ai perçu la voix. Il me regardait droit dans les yeux et il me disait « Bonjour » d'une voix tranquille et profonde. Aucune hésitation n'était possible ; c'était à moi que s'adressait ce pitre ! Un sourire s'est dessiné sur son visage et il a répété ce fichu mot qui, décidément, me persécutait ces temps-ci. D'ordinaire, je me serais levée et aurais changé de place sans lui accorder un regard, mais, cette fois, je n'ai pas bougé et j'ai attendu la suite. Ses lèvres ont remué et j'ai compris qu'il voulait savoir si j'étais sourde-muette. Il a dessiné des signes dans l'air avec ses doigts ; pour ce que j'en savais, c'était le langage des malentendants. Ce mec était dingue ! J'ai écarquillé les yeux de surprise et il a ri. Un beau rire franc qui a découvert deux rangées de dents régulières et brillantes. Je n'ai pas pu m'empêcher de sourire à mon tour et de lui dire qu'il pouvait arrêter son char : j'étais capable de communiquer, j'avais une voix et je parlais la même langue que lui.

– Alors, pourquoi ne m'as-tu pas répondu lorsque je t'ai dit bonjour ? m'a-t-il demandé sur un ton de doux reproche.

– Parce que mes parents m'ont appris à ne pas adresser la parole à des inconnus !

De nouveau, j'ai eu droit à un éclat de rire et, ensuite, il m'a appris qu'il se prénommait Xavier et qu'il était heureux d'enfin pouvoir discuter avec moi.

– Ça fait deux semaines que je t'ai repérée et je te trouve vraiment jolie.

Moi, c'était la première fois que je prenais conscience de son existence. Où avait-il bien pu me voir ? Dans ce bus où s'agglutinent tous les jours des dizaines d'inconnus ? J'y monte en début de ligne et trouve toujours une place assise au fond ; dès qu'on démarre, je plonge dans un bouquin et je ne regarde jamais personne. Parfois, l'un ou l'autre élève du collège vient me déranger dans ma lecture, mais c'est rare : ceux qui me connaissent savent mon désir de vivre en solitaire.

Il a continué comme si de rien n'était ; il lui avait fallu plus de cinq tentatives pour enfin trouver cette place en face de moi. J'étais si mignonne ! Je lui ai demandé d'arrêter son baratin. J'ai ajouté que je n'aimais pas ça et que, s'il voulait que nous poursuivions notre conversation, il avait intérêt à changer tout de suite de sujet. Pour lui signifier clairement que je ne plaisantais pas, j'ai baissé les yeux vers mon roman et j'ai repris ma lecture.

Dans ma tête, pourtant, ça bouillonnait. La même émotion que lors de la conférence m'envahissait. « Bonjour, Bon jour ! » Ce Xavier me plaisait ; sa fraîcheur et son humour, son insouciance me réveillaient. Celui-là, je n'avais pas envie de l'envoyer paître.

Les mots de Robert Littré me revenaient. Quand j'étais passée devant lui à la fin de la conférence, il avait interrompu la discussion qu'il menait avec le provo en personne et m'avait demandé s'il pouvait me dire un mot. Rien que pour profiter de plus près du regard interloqué du provo, je me suis approchée et *ze* conférencier m'a prise à l'écart pour me demander comment j'allais. Nous avons eu un court échange, à l'abri des regards de Baratinto et des autres sbires de l'école.

– J'ai remarqué que mes paroles vous bouleversaient, mademoiselle. Croyez sincèrement que ce n'était pas mon but.

Cet homme puait la générosité et la tendresse ! Dans les phrases qu'il m'adressait, il y avait plus que des mots : il y avait une présence. De l'amour. Pour ne pas me mettre à chialer, j'ai répondu rapidement que tout allait bien, merci et qu'il ne devait pas s'inquiéter pour ma petite personne. Avant de retourner vers le provo qui l'attendait avec des marques d'impatience, il a posé une main sur mon épaule et m'a souhaité d'être heureuse. Putain ! Ce type me tuait ! Pendant une seconde, j'avais éprouvé le désir de l'embrasser, de me serrer contre son vieux corps de quinquagénaire, persuadée que, si je le faisais, je serais guérie de toutes mes peines !

Le souvenir de cette scène a dû éclairer mon visage car Xavier m'a demandé si mon roman était si bien que ça. J'ai relevé les yeux vers lui. Je l'avais presque oublié, celui-là ! Je l'ai observé plus attentivement ; dans son attitude, il y avait quelque chose de généreux qui me rappelait Robert Littré. Peut-être était-ce pour ça que je ne l'avais pas encore atomisé d'une phrase assassine et définitive. Je lui ai répondu que, pour me faire sourire, il fallait plus qu'un bouquin et cet idiot a trouvé ça marrant. J'ai de nouveau eu droit à l'étincelante bonne humeur dont il semblait avoir des tonnes en réserve. Que m'arrivait-il ? Ce gars ne m'irritait pas ; pire, je le trouvais agréable. Ce n'est pas dans un bus qu'on philosophe sur soi-même ; je me suis dit que j'y verrais clair plus tard et je me suis abandonnée au plaisir que me procurait cette conversation inattendue.

Xavier a eu de la chance ; aucun de ceux à qui je ne souris jamais n'était présent et, pour moi, ça a été plus facile. Je n'aurais pas aimé qu'on m'aperçoive sous ce jour. Cela aurait provoqué des rumeurs et, de là à raconter que j'étais amoureuse, il n'y avait qu'un pas ! Depuis le scandale que j'avais provoqué durant la conférence, plusieurs élèves guettaient la moindre de mes réactions, envieux, curieux, piteux à vouloir me prendre en défaut pour se moquer de moi. Et ils n'étaient pas les seuls à se poser des questions. Au cours de sciences, Baratinto avait même cru bon d'y aller d'un petit commentaire narquois sur les humeurs des jeunes filles pendant leurs règles, notant que les mouvements menstruels provoquaient chez certaines des crises de larmes ou des incidents nerveux. L'allusion n'avait échappé à personne ; pour mieux se faire entendre, Baratinto avait poussé la délicatesse plus loin : elle m'avait flinguée du regard pendant son exposé. La lourde conne ! Que les adultes ne fassent pas preuve de davantage de finesse m'a toujours ébahie. J'ai longtemps cru qu'en vieillissant, on mûrissait et qu'on gagnait en nuances. Je me suis souvent dit que mes parents étaient peut-être une exception qui confirmait cette règle et j'ai cherché parmi les vieux, qui pourraient me servir de modèle, des arguments pour étayer ma conviction. Du vent ! Même certains profs n'ont pas plus de psychologie qu'une vieille éponge ! J'ai fini par conclure que la règle était la suivante : on est con et sans nuances à tout âge de la vie et seuls quelques-uns font exception et sont des gens bien. Robert Littré, Xavier peut-être...

Après son baratin d'introduction, Xavier m'a tenu des propos moins débiles, me posant des questions sur moi, sur mon bahut, sur mes études. Sans lui répondre, je lui ai retourné toutes ses interrogations et, bon prince, il s'est dévoilé. Dix-sept ans, étudiant à Louis Pasteur, il a une petite sœur de quatorze ans, Céline de son prénom, et des parents vivant séparés l'un de l'autre, mais « restés les meilleurs amis du monde ». Xavier est aussi amateur d'ornithologie et de longues promenades dans la nature. Question musique, il m'a avoué craquer pour MC Solaar et pour Mozart, « le premier pour son langage virtuellement réel, le deuxième pour ses compositions réellement virtuoses », tu parles d'un intello ! Il a jasé ainsi pendant les douze minutes que le bus a mises pour atteindre l'arrêt du collège. Quand je me suis levée pour descendre, il a fait mine de me suivre, mais, tout de suite, j'ai mis le holà :

– Louis Pasteur, c'est pas ici ! Il faut descendre deux arrêts plus loin et changer de ligne place de l'Hôtel de ville.

Pour la première fois depuis qu'il m'avait abordée, il a eu l'air surpris, voire un peu triste. Je m'en suis presque voulu de me montrer aussi dure, mais pas question qu'un des lards de mon école me repère avec un mec ! Pour faire passer la pilule, j'ai ajouté :

– Comme tu l'as remarqué, je prends tous les jours le bus à la même heure. Si ça t'amuse...

Du coup, Xavier a retrouvé sa mine joviale et, pendant que je m'éloignais vers la sortie, il a crié que je pourrais au moins lui dire comment je m'appelais. J'ai souri à mon tour, j'ai répondu « Suspense » et je suis descendue.

Pendant toute la journée, j'ai pensé à lui. Je me suis plusieurs fois repassé le film de notre rencontre dans le bus, simplement pour me faire plaisir. Xavier n'était pas le premier garçon qui s'intéressait à moi, mais les autres n'ont jamais eu l'occasion de pousser très loin leurs tentatives de séduction. C'est connu dans toute l'école : les mecs et moi, ça fait deux et gare à ceux qui s'approchent de trop près de mes crocs ! À part quelques aventures sans lendemain, je n'ai pas encore vécu une vraie relation avec un garçon. À vrai dire, ça me fait peur. Je crois qu'en m'entichant d'un gars, je perdrais ma liberté. Je crains aussi d'être déçue. Il suffit d'observer les filles de ma classe pour m'en persuader : au début, elles sont tout feu tout flammes, elles ont enfin trouvé le grand amour, or… quelques semaines, voire quelques jours après, elles flippent parce qu'elles vivent un grand flop. Intérieurement, je lance des paris que je perds rarement. L'amour, c'est un coup de chaleur qui annonce l'orage.

Mes parents en sont un bel exemple. J'ai l'impression que, dès le départ, ils ont réussi à rater leur vie de couple. C'est sans doute pour ça qu'ils sont aussi distants, aussi froids, complètement absents. « Bonjour, Bon jour ! » Les mots de Robert Littré ont pour moi une connotation surréaliste. Comment aurais-je appris à me montrer accueillante alors que je n'ai pas été plongée dans ce bain-là ? Jamais je n'oublierai les longs silences de la maison.

Tu es petite, pleine de grâce et de joie. Tu t'éveilles, t'étires dans tes draps. Dehors, le soleil brille et des parterres d'oiseaux lancent dans le ciel des bouquets de chants pétillants. Tu es heureuse, Mélanie. Tu sautes de ton lit, tes petits pieds nus courent sur le parquet, dévalent l'escalier, glissent sur le carrelage froid du corridor et tu pénètres dans la cuisine. Tes parents sont là, assis, tirant une tête de pot de chambre, complètement pisseux, infâmes. Tu es encore toute à ton enthousiasme, tu chantonnes et ton père, tapant du plat de la main sur la table, s'écrie: « Silence, nom de Dieu, tu ne vas pas nous emmerder de grand matin! » Il pleut soudain dans ton cœur, des pleurs de pluie. C'est la douche froide. Mais tu n'en montres rien, pour ne pas éveiller un nouvel hurlement. Tu appelles du regard le réconfort de ta mère; il n'en est rien: à l'autre bout de la table, elle est recroquevillée dans un mutisme grimaçant. La fraîcheur du carrelage pénètre tes petits pieds nus, la froideur du climat enrhume ta joie et, soudain, tu n'en peux plus, tu leur tournes le dos et tu files vers ta chambre. Le matin est tordu, le soleil a un rictus et les chants des oiseaux sont des notes de tristesse qui te perforent le cœur jusqu'au désespoir.

« Bonjour, Bon jour ! » Les paroles du psycho-pédago-humanologue ont un goût d'impossible. La bonne humeur de Xavier, elle, a un parfum d'incroyable. Au cours de maths, je n'ai pas pu répondre à une question du prof parce que je n'avais rien écouté de sa démonstration. Il m'a apostrophée rudement et, comme mes parents me l'ont appris, j'ai répondu par le silence.

– Franchement, Mélanie, tu pourrais faire un effort pour te montrer moins désagréable.

Certains ont gloussé, d'autres ont été jusqu'à me fixer avec moquerie. Je suis restée de marbre. Déçu peut-être de n'avoir pas réussi à me faire réagir, le prof a repris son cours après avoir ostensiblement levé les yeux au plafond. Il devait désespérer de mon cas ; j'allais sans doute devenir un sujet d'inquiétude au prochain conseil de classe. Si ce nullard avait pu savoir que je n'écoutais pas son cours parce que quelque chose d'indéfinissable encore changeait ma vie, parce que, soudain, j'avais envie de vivre ce que je n'avais jamais connu.

J'ai quitté le bahut en songeant à Xavier. J'avais envie de le revoir, mais, de lui, je ne savais rien qui m'aurait permis de le rejoindre. Pendant une seconde, je me suis imaginée devant les portes du lycée Louis Pasteur. Moi, Mélanie, poireauter sur un trottoir pour attendre un garçon, c'était trop nase ! Dans le bus, il y avait beaucoup de monde et Xavier n'y était pas. Au fur et à mesure du trajet vers la maison, j'ai oublié mes rêves. C'est chaque jour ainsi. Plus j'approche de chez moi, plus une chape de plomb pèse sur mes épaules. Il faut que je me mette au diapason des morts-vivants qui m'ont permis de naître.

4

Même si je lui avais dit bonjour, Barbe-bleue n'aurait pas daigné tourner les yeux vers moi. Il était vautré dans un fauteuil du salon avec un verre de bière à moitié vide posé en équilibre sur sa panse. Je connaissais cette attitude ; l'ogre était de bonne humeur, satisfait de lui-même et il jouait à maintenir le plus longtemps possible une chope sur le plateau mou de son ventre plein de cholestérol. Mais, attention, il suffit que le verre bascule pour qu'il redevienne lui-même et qu'en vociférant, il accuse ma mère d'être responsable de son échec.

C'est une de ses certitudes : les merdes de la vie arrivent toujours sous ses pieds par la faute des autres. Lui n'est responsable de rien et, souvent, c'est ma mère qui est à l'origine de tous les maux. C'est peut-être pour ça qu'à partir de mes neuf ans, elle a oublié que j'avais un anniversaire ; à force d'entendre hurler qu'elle n'est capable que de conneries, elle a sans doute fini par ne plus vouloir rien entendre et, lentement mais sûrement, elle s'est coupée du monde. Il m'est arrivé de songer à la plaindre, mais, réflexion faite, je me suis chaque fois dit qu'une enfant, même adolescente, n'a pas à prendre ses parents en charge. Si elle est malheureuse, ma mère ne peut en vouloir qu'à elle-même : moi, il y a longtemps que j'aurais quitté un mari aussi con ! Si elle reste avec Barbe-bleue, c'est qu'elle y trouve un intérêt. Il faudra un jour qu'elle m'explique. Si au moins il était friqué, je pourrais comprendre, mais même de l'argent, il ne réussit plus à en gagner.

Depuis qu'il a perdu son boulot, monsieur profite de la sécurité sociale ; il paraît qu'il est handicapé suite à un accident de travail survenu dans une autre vie. Un temps que je n'ai pas connu, quand Barbe-bleue était capable d'autre chose que de gueuler ! Il paraît qu'alors il avait des qualités et je dois reconnaître que, lorsque j'étais petite, il se montrait parfois agréable avec moi. La vie l'a blessé et c'est sans doute à cause de ça qu'il a basculé dans l'ignoble. Est-ce parce qu'elle a encore le souvenir de l'homme courtois qu'il était que ma mère ne le largue pas ou est-ce parce qu'elle a peur de prendre son bonheur en main et de se construire en dehors des pattes de son mari ? Peu m'importerait leur vie si je n'étais obligée de les supporter au quotidien ; qu'ils crèvent ou qu'ils soient heureux me ferait aussi froid au cœur. J'ai dit ça à Nora, ma copine de classe, avec qui il m'arrive de discuter d'autres sujets que des cours et de l'humeur des profs. Je vois encore son visage blême et ses yeux offusqués. Elle a tenté de dissimuler son trouble en me répondant maladroitement que mes sentiments m'appartenaient, mais qu'elle n'oserait jamais penser cela de ses parents.

– Peut-être parce que toi, tu as des vieux qui t'aiment ! ai-je rétorqué.

Nous en sommes restées là. Ce jour-là, j'ai compris que le dégoût et l'horreur se partagent difficilement.

Pendant que Barbe-bleue continuait de se passionner pour l'équilibre de sa chope sur sa panse, je suis allée dans la cuisine où j'ai dévoré deux bananes en me demandant si c'était l'image de Xavier gravée dans ma tête qui me donnait cette faim de loup. J'ai baissé les paupières pendant quelques secondes et j'ai laissé mon souvenir dessiner ses traits. J'avais envie de sa douceur pétillante, de son enthousiasme. Un vrai soleil ardent : ce garçon me semblait capable de faire fondre le bloc de glace que j'étais devenue et, franchement, ça me fichait la trouille. Dans le salon, l'autre a roté à deux reprises, la bouche grande ouverte. Il était sans doute fier de sa connerie, d'autant plus satisfait qu'il sait que je déteste ses borborygmes répugnants. Le visage de Xavier s'est éparpillé comme un papier qu'on déchire : si je n'y prenais pas garde, le porc qui se disait mon père réussirait un jour à briser mes rêves. À force de vivre dans la boue, on oublie l'odeur du beau. Ma mère en est un pathétique exemple.

Je suis sortie de la cuisine et j'ai traversé le salon sans accorder un regard à Barbe-bleue qui a cru intelligent d'émettre un nouveau rot, plus sonore encore que le premier. Je n'ai pas pu m'empêcher de réagir et je lui ai lancé sur un ton sec qu'il était dégueulasse. Le gros répugnant a ri :

– Je n'ai plus le droit de respirer ?

Je suis sortie du salon en claquant la porte. Son rire gras et vulgaire m'a poursuivie jusque dans ma chambre. L'enfoiré m'avait fait réagir et ça le rendait joyeux. Quand ma mère rentrerait, il s'en prendrait à elle, l'usant une fois de plus jusqu'au trognon, trop heureux de voir qu'après tant d'insultes et de moqueries, elle était toujours fidèle à son poste de martyre désignée, soumise et définitivement idiote. J'ai fermé la porte à clef et je me suis assise sur mon lit en serrant les poings. Comment ce type peut-il être mon père ? Je me souviens de tellement peu de gestes d'amour de sa part ; peut-être parce que je me fixe sur ses défauts plutôt que sur ses qualités. Quand j'étais petite, il était déjà moqueur, sarcastique, effrayant plutôt que plaisant ; depuis que je suis « entrée en adolescence » comme ils disent, il est de plus en plus agressif. Mes peurs d'enfant se sont transformées en dégoût et en haine. Souvent, j'ai songé à déguerpir de la maison pour ne plus le croiser, mais je sais que ce bonheur-là serait gommé par les problèmes que je rencontrerais si je fuguais ; à quinze ans, qu'on le veuille ou non, on demeure prisonnier de ses parents.

Petit à petit, mon calme est revenu et j'ai à nouveau pu songer à ce qui m'était arrivé ces quelques jours. J'avais beau m'être construit une superbe carapace, je n'en demeurais pas moins sensible, même si je ne voulais pas le reconnaître. Longtemps, je m'étais obligée à croire que plus rien ne pourrait m'atteindre. Ceci dit, à de nombreuses reprises, j'avais dû admettre que j'étais plus fragile que je ne le désirais. J'avais craqué plusieurs fois, bien avant la conférence sismique de Robert Littré. Il était arrivé que certains me devinent malgré mes efforts pour ne rien faire transparaître de ma peine.

Ma tante Sarah, la sœur cadette de Barbe-bleue, est tout le contraire de son frère : autant il est désobligeant et insultant, autant elle se montre attentive à l'autre. Malheureusement, elle vit dans le sud, dans une de ces maisons ensoleillées du centre d'Arles, et je ne la vois que très rarement. Il y a trois ans, Sarah a passé la fête de Noël avec nous, mon père s'étant souvenu de son existence et ayant eu la lubie de l'inviter à la maison.

Une fête ! Ma tante Sarah est un rayon de soleil et ses phrases, des colliers de fleurs printanières. En quelques heures, elle a habillé la maison de sa magie joyeuse et, cette année-là, nous avons passé un merveilleux Noël. Barbe-bleue semblait abasourdi par la bonne humeur de sa petite sœur, par sa gentillesse, par sa créativité ; il a accepté qu'on décore les murs, qu'on chante, qu'on s'invente du bonheur. Il s'est même montré charmant et j'ai retrouvé ce père qui s'inquiétait de moi lorsque j'étais petite. Sarah et ma mère avaient préparé un festin pour le repas de réveillon ; dans la cuisine, elles riaient. La femme fade avec qui je m'accrochais quotidiennement était méconnaissable. Sous le sapin magnifiquement apprêté, nous nous sommes échangé des cadeaux. Pendant quelques heures, j'ai cru que je vivais dans une famille normale, semblable à celles que décrivaient mes camarades de classe. Trois jours plus tard, Sarah est partie et, aussitôt, un froid glacial est tombé sur la maison. Le revirement de mon père a été immédiat ; il avait à peine conduit sa sœur dans le train qui devait l'emmener vers le sud qu'il a lancé :

– Elle est toujours aussi dingue ! Elle fiche le bordel partout où elle va. Heureusement qu'elle vit loin d'ici, nom de Dieu !

Ce soir-là, j'ai craqué. Le silence qui drapait la demeure et l'absence qui avait régné autour de la table durant le dîner faisaient trop contraste avec ce que j'avais pu vivre lors du lumineux passage de Sarah. Quand Barbe-bleue a roté pour nous signifier à ma mère et à moi qu'il avait profité de son repas, je n'y ai plus tenu et j'ai éclaté en sanglots. Pendant une seconde, il a paru étonné, puis sa méchanceté a pris le dessus.

– File dans ta chambre si tu veux déglutir tes états d'âme !

Ma mère avait rentré la tête dans sa carapace de tortue apeurée et, bien entendu, elle n'a pas pris ma défense. J'ai quitté la table et je suis allée pleurer sur mon lit pendant plus d'une heure. Nous avions retrouvé un mode de fonctionnement qui nous rendait malheureux, mais dont nous avions pris l'habitude.

J'ai toujours détesté que Barbe-bleue remarque que son ignominie me touchait. C'est pour ça que je me suis endurcie, pour échapper à ses sarcasmes, pour qu'il ne puisse pas croire qu'il a sur moi un quelconque pouvoir. Ce soir-là, j'ai eu envie de fuir, de rejoindre Sarah et de lui demander son aide. Durant les quatre jours qu'elle avait passés à la maison, même si j'avais tout fait pour qu'elle ne soupçonnât rien, elle avait remarqué que ce n'était pas facile pour moi. « J'ai l'impression que tu es si tendue, ma chérie. On te dirait sans cesse sur le qui-vive ! » Et, tout en caressant mes cheveux, elle avait serré ma tête contre ses seins. C'était bon, c'était doux ! J'aurais tellement voulu d'elle comme mère !

À elle, j'aurais pu parler des sentiments que j'éprouvais, de ce que Xavier éveillait en moi ; à elle, j'aurais voulu demander si, dans son adolescence, elle avait vécu pareille rencontre et comment elle l'avait gérée ; avec elle, j'aurais apprécié de vivre une complicité de femme, de dévoiler mes secrets et de causer chiffons, de rire sous cape des armes de séduction qui germaient sur mon corps et qui me troublaient, d'apprendre comment les utiliser avec grâce et harmonie. Avec ma triste mère, c'était impossible. Elle avait oublié son corps et l'amour depuis des années et me voir m'épanouir devait la ramener à sa détresse. Ma poitrine qui avait soudain grossi, mes hanches qui s'étaient arrondies, mes fesses qui avaient pris des formes me faisaient peur ; je ne me reconnaissais plus lorsque je m'observais dans le miroir de la salle de bain et ça m'aurait fait tellement de bien de pouvoir parler de tous ces changements avec une personne de confiance. Ni petite fille, ni femme encore, je me situais mal dans mon corps et dans ma tête. Les regards que Barbe-bleue avait osé poser sur moi n'avaient rien arrangé. Aux yeux des mecs, j'étais devenue un objet de convoitise et je le supportais mal ; j'avais le sentiment de ne plus m'appartenir, d'être volée et violée par ceux qui me jaugeaient, par ces mots qui sifflaient dans mon dos lorsque je traversais la rue. Je savais que Sarah aurait pu m'aider, mais elle vivait loin et lui téléphoner ne me plaisait pas. J'avais besoin de parler à quelqu'un de chair et d'os, de sentir une présence qui ne me juge pas, de pouvoir me dire en confiance. Avouer que Xavier me plaisait, que j'avais envie qu'il me touche, qu'il m'embrasse, qu'il se colle contre ma peau et qu'il me souffle des mots doux dans l'oreille.

Ils sont rares les soirs où je m'offre pareil cinéma ! D'habitude, je rejette mon imagination, tentant de coller le plus possible au réel, de l'observer froidement, scientifiquement par peur qu'il m'enveloppe de ses mystères. Xavier avait changé cela ; avec lui, l'appel au rêve était le plus fort et, même si je luttais contre ces sensations nouvelles, je devais m'avouer que j'en pinçais pour ce garçon. Enfin, dans mon existence que je voulais sans détours, se présentait un chemin de traverse. La joie de vivre et l'enthousiasme de Xavier avaient fait voler en éclats mes résistances.

Je savais que Barbe-bleue hurlerait s'il apprenait cette relation, que, plus que tout, il désirait me garder prisonnière, qu'il n'avait le sentiment de vivre que s'il nous écrasait ma mère et moi. Mais il faudrait qu'il accepte que je m'appartenais et que, sur moi, il n'avait aucun droit.

Tant que je serais aussi énervée, je ne pourrais y voir clair. Pendant quelques minutes, j'ai tenté de respirer profondément, dans mon ventre, pour me détendre. Ensuite, je suis restée les yeux fermés, le dos appuyé contre le mur, dans le silence de la maison. Celui-ci a soudain été brisé par le bruit de la porte de rue qu'on ouvrait. Ma mère était à peine entrée que Barbe-bleue s'est mis à éructer. J'ai perçu la petite voix fragile qui lui répondait. Si elle élevait trop fort le ton, elle savait qu'elle éveillerait la violence du monstre et, précautionneusement, elle s'en protégeait. C'était sûr ; si je voulais m'épanouir, il fallait que je fuie cet enfer.

5

– Bonjour. Qui est à l'appareil ?

Sa voix était claire et, tout de suite, je l'ai reconnue. Pendant quelques secondes, je n'ai pas osé prononcer un mot. Je ne pouvais pourtant pas le laisser languir. J'ai dit mon prénom et je lui ai demandé s'il se souvenait de moi. Je m'attendais à ce qu'il hésite, à ce qu'un blanc émerge entre nous, mais, au contraire, j'ai eu droit à un retentissant « Bien entendu » où j'ai cru discerner de la joie. J'étais abasourdie ; avec tous les gens que cet homme croisait, comment pouvait-il se rappeler la puante petite ado qui s'était fait remarquer lors d'une de ses dernières conférences ?

– Votre regard sombre et intense, votre

présence pleine d'émotion ne s'oublient pas !

Robert Littré était décidément un homme hors du commun. Je n'en revenais pas. En bredouillant, je lui ai demandé s'il était possible que je le rencontre sans tarder. Le provo nous l'avait présenté comme une personnalité importante, sans cesse sur les chemins et peu disponible. C'était une chance pour l'école qu'il vienne donner cette conférence. Et moi, inconsciente, je voulais le voir en précisant que je désirais que ça se fasse vite. À l'autre bout du fil, il a ri.

– Votre souhait me fait plaisir, Mélanie. Quand êtes-vous libre ? Cette après-midi ? Demain ?

– Demain, ai-je murmuré, car c'était un mercredi.

– Vers quinze heures, ça vous convient ?

J'ai répondu « oui », j'ai réussi à le remercier et j'ai raccroché. Tout de suite après, j'ai paniqué. Qu'allais-je raconter à ce psy ? Qu'est-ce qui m'avait pris de chercher dans l'annuaire les coordonnées de l'institution où il travaille ? Comment avais-je eu le culot de téléphoner là et de demander à lui parler ? Pourquoi cette folie ? Il m'a fallu plus d'un quart d'heure pour me calmer. Je me suis plongée dans un devoir de maths pour ne plus penser à rien. Ni à mon émotion, ni à la probabilité de revoir Xavier dans le bus le lendemain matin, ni à mes vieux qui se disputaient au rez-de-chaussée, mon père ayant sans doute déniché une nouvelle occasion d'adresser des reproches à ma mère. J'ai travaillé pendant deux heures et je ne suis pas descendue dîner. Mes parents ne s'en sont pas inquiété, ils ne s'en sont d'ailleurs jamais inquiété : « Si elle ne mange pas, c'est qu'elle n'a pas faim. On ne va pas s'emmerder pour elle. Bon appétit ! » J'avais entendu cette réflexion, il y a quelques mois, une des rares fois où ma mère avait insisté pour que mon père m'appelle, car le repas était prêt. Ça avait au moins le mérite d'être clair. Dans cette maison, je pourrais devenir anorexique sans qu'ils s'en préoccupent !

J'ai éteint la lumière vers vingt-deux heures trente, sans être descendue à la cuisine. Si j'avais faim, j'irais piquer un yaourt dans le frigo pendant la nuit. Quand l'ogre dort, je peux manger sans avoir mal à l'estomac. Je me sentais étrangement apaisée par mon appel téléphonique. « On se sent mieux quand on pose des actes. Le reste n'est que du blabla. » C'est la dernière phrase qui m'est passée par la tête avant que je plonge dans un sommeil sans rêve.

Le lendemain matin, je me suis éveillée reposée, ce qui était rare ces derniers mois. Barbe-bleue était encore au lit et j'ai pu prendre mon petit-déjeuner sans subir sa présence. J'achevais ma tasse de lait lorsque ma mère est entrée dans la cuisine.

Sans que j'y pense, un « bonjour » m'est sorti de la bouche. Dans une autre famille, cela eut paru naturel ; une autre mère eut sans doute répondu à sa fille sans même réfléchir. Chez moi, souhaiter le bonjour à quelqu'un de grand matin était surréaliste, voire déplacé. Ma mère m'a lancé un regard étonné ; ensuite, tout en versant de l'eau dans la bouilloire électrique, elle a haussé les épaules en me tournant le dos.

Je me suis reproché de m'être laissée aller à tant d'attention. Elle et Barbebleue ne méritaient ni un « bonjour », ni un « merde ! » Je me suis versé une nouvelle tasse de lait et, lorsque je l'ai eu vidée, je suis sortie de la pièce sans un mot. J'étais perturbée : si je commençais à me montrer affable avec mes parents, ils se poseraient des questions sur mon état mental.

À force de me torturer l'esprit, je m'étais mise en retard et j'ai dû courir pour attraper mon bus. Quand je me suis installée au fond, je souhaitais silencieusement, mais ardemment, que Xavier fasse son apparition et que nous puissions poursuivre la conversation interrompue la veille. Hélas, cette journée que je sentais pourtant bien m'a apporté une première grosse déception. Quand je suis descendue à l'arrêt du collège, Xavier, que j'avais cherché des yeux durant tout le trajet, était tout aussi invisible que la bonne humeur que j'avais éprouvée en me levant. Avait-il déjà compris que je n'étais qu'une emmerdeuse, avait-il été tellement déçu par mon attitude de la veille qu'il avait préféré aller tenter sa chance ailleurs ? C'était quoi ces mots qui exprimaient son émerveillement à mon égard ? Du vent, du vide ? Je me suis dit que j'aurais dû m'en tenir à mon indifférence habituelle, ne rien espérer qui pourrait me faire mal. Les mecs sont tous pareils ; quand il a remarqué que mon cul n'était pas facilement disponible, il m'a effacée de sa vie. Un futur Barbe-bleue qui matera les adolescentes quand il aura une panse à bière et qu'il perdra ses cheveux !

Durant toute la matinée, j'ai été d'une humeur infecte. Pas un mot, pas un geste, le nez dans mes feuilles de cours. Même les remarques acides de la mère Baratinto n'ont pas réussi à me faire sortir de mon mutisme durant le cours de sciences. Celle-là, on dirait qu'elle sent quand je vais mal et qu'alors, elle s'offre le plaisir d'essayer de me faire sortir de mes gonds : « Vous semblez d'humeur électrique, Mélanie. Si je ne veux pas provoquer un orage, mieux vaut sans doute que je ne vous adresse pas la parole ? » Julien, Charles et d'autres crétins ont estimé l'intervention intéressante et ont ricané. Moi, je n'ai pas bronché, traversant cette frustrée de Baratinto du regard, comme si elle n'existait pas. Franchement, ces derniers temps, elle en remettait une couche ; mon dérapage lors de la conférence avait dû vraiment lui déplaire. Ne pouvait-elle pas s'occuper des mœurs ridicules de ses volatiles imbéciles et des troubles de la gestation de ses poissons rouges plutôt que de se pencher sur mon cas de manière aussi venimeuse ? Heureusement, elle n'a pas insisté, elle est revenue à son cours super poilant : si elle avait pu savoir combien je me fichais de la vie sexuelle des carpes d'étang !

Midi a enfin sonné et j'ai pu quitter ce bahut horrible. Dehors, le soleil brillait, mais je n'en ai pas profité. Depuis le matin, j'étais hantée par le fait de n'avoir pas vu Xavier. Je n'ai pas réagi tout de suite quand j'ai entendu prononcer le mot « Suspense » dans mon dos. Des gars qui hurlent « Suspense » en pleine rue en semblant s'adresser à quelqu'un, il n'en existe pas des dizaines et, lorsque la voix a de nouveau retenti, je me suis retournée. Un mec blond et longiligne que je n'avais jamais vu s'adressait visiblement à moi. Je me suis alors souvenu de la réponse que j'avais donnée à Xavier lorsqu'il m'avait demandé mon prénom.

– Excuse-moi, tu es Suspense ? a dit le garçon.

– Peut-être, ai-je rétorqué en prenant plaisir à le voir rougir.

Tout est alors allé très vite. Il m'a demandé si je connaissais son copain Xavier et, quand j'ai eu répondu oui, il m'a déclaré que si Xavier n'était pas venu le matin, c'est parce qu'il était malade, mais qu'il lui avait téléphoné.

– Il voulait que je vienne l'excuser. Je m'appelle Arthur. Il m'a fait une bonne description de toi ; je ne pensais jamais pouvoir te trouver dans tout ce monde. Surtout sans connaître ton prénom. C'est génial. Xavier va être hyper content. Au fond, tu t'appelles comment ?

Il avait balancé le tout comme une rafale de mitraillette. Merde alors ! Je n'en revenais pas. J'ai répondu « Mélanie » et j'ai remercié Arthur.

– J'ai fait un sacré détour pour venir te voir. Faut que j'y aille, j'ai rendez-vous avec ma copine !

Je l'ai regardé disparaître au coin de la rue, décontenancée par ce que je venais de vivre. Je devais admettre que Xavier n'était pas le nullard qui m'avait désespérée durant toute la matinée et j'en étais heureuse. Un agréable petit frisson de plaisir m'a parcouru la colonne vertébrale et je suis montée en souriant dans le bus qui arrivait. Julien, le crétosaure en chef de ma classe, était derrière moi ; je ne l'avais pas remarqué. Il a déclaré que s'il me suffisait de sortir de l'école pour avoir une aussi jolie petite gueule, je devrais y venir moins souvent. Sa réflexion m'a glacée et je me suis retournée vers lui pour siffler un « Pauvre connard ! » qui a eu le don de le faire sourire. Je me suis éloignée le plus possible de lui pour retrouver, dans mon cœur si peu habitué au bonheur, la gentillesse de Xavier, sa merveilleuse délicatesse.

J'avais peur. Je me demandais comment réagir, comment répondre à son enthousiasme, comment ne pas le blesser par une réplique cinglante lorsque je me retrouverais avec lui. J'avais tellement bien appris à envoyer paître mon monde, à jouer à celle qui n'est touchée par rien que l'idée même de me montrer agréable, tendre et confiante me faisait paniquer.

Je me suis rendue à l'est de la ville, j'ai repéré un snack et j'y ai commandé un immense sandwich fromage-jambon avec salade. Manger me viderait l'esprit, me permettrait peut-être d'y voir plus clair avant mon rendez-vous avec Robert Littré. Tout ce qui m'arrivait depuis quelques jours me secouait. En craquant lors de la conférence, j'avais ouvert une vanne qui laissait surgir dans ma vie plein d'événements qui n'y auraient jamais fait irruption si j'étais demeurée dure et froide. J'avais le sentiment que mon cœur attendait cette occasion depuis des mois. « Abandonne-toi, Mélanie, laisse-toi simplement aller ! Tu verras combien la vie sera plus légère. » Des paroles que ma tante Sarah avait prononcées lors de sa dernière visite chez nous. Je faisais l'expérience de ce qu'elles signifiaient.

Robert Littré travaille dans une institution située à l'extérieur de la ville. J'ai dû prendre un nouveau bus pour m'y rendre. À l'entrée du bâtiment, une jeune et jolie femme m'a demandé ce que je désirais. Elle m'a souri quand je lui ai dit que j'avais rendez-vous avec le psy et m'a invitée à la suivre. Nous avons traversé une grande salle au sol de marbre, entourée d'arcades et aux murs recouverts de tableaux modernes. Je me sentais mal à l'aise, prise d'angoisse tout à coup, craignant cet univers étrange, silencieux et apaisé dont j'ignorais tout. Si Barbe-bleue avait su que je me promenais dans une maison de psys, il aurait fait une crise de nerfs. Ma mère aurait sans doute été plus nuancée, elle qui lit l'horoscope en cachette ! Nous avons atteint un petit préau intérieur au milieu duquel était plantée une superbe sculpture et nous avons gravi un escalier en bois. La jeune femme a frappé à la troisième porte. Après quelques secondes, Robert Littré est apparu et m'a accueillie comme une amie de toujours.

– Mélanie ! Je suis heureux de vous voir !

La jeune femme nous a laissés et je me suis retrouvée seule devant cet homme à qui je ne savais soudain plus quoi dire. Il m'a gentiment proposé de m'asseoir dans un fauteuil et s'est installé en face de moi.

Après quelques secondes, il a coupé le silence qui régnait dans la pièce.

– Vous désiriez me parler, Mélanie ? En quoi puis-je vous être utile ?

Une infinie bienveillance éclairait ses beaux yeux verts; ses mots étaient prononcés sur un ton doux et apaisant dont je n'avais pas l'habitude. Une boule énorme me serrait la gorge, mon cœur battait la chamade et, malgré ma peur de sembler ridicule en ne disant rien, je n'arrivais pas à émettre un son. Sans que je puisse les retenir, j'ai senti les larmes me monter aux yeux et c'est quand la première a lentement glissé sur ma joue gauche que j'ai enfin retrouvé l'usage de la parole.

Tout est sorti en vrac, comme d'un sac qui se déchire : Barbe-bleue, ma mère, ma peur de souffrir, l'indifférence, ce mot bonjour, cette impossibilité d'accueillir les autres qui me brisait, cette incapacité de recevoir parce que je n'avais pas reçu, le sourire de Xavier, son enthousiasme, puis mon père à nouveau et l'horreur qu'il m'inspirait, mon dégoût et ma haine, Xavier encore, et Arthur, le messager fébrile qu'il m'avait envoyé, l'école et ma révolte, contre Baratinto, contre le provo, contre l'hypocrisie, contre Julien et ses copains, cette conférence bouleversante parce qu'elle résumait tout ce que j'aurais voulu vivre.

Je ne sais pas combien de temps j'ai parlé, je ne sais plus tout ce que j'ai raconté, pas plus que je ne me souviens quand j'ai commencé à pleurer vraiment, des sanglots longs qui salaient les mots qui débordaient de mes lèvres. J'étais paumée. Lorsque je me suis tue, Robert Littré m'a pris les mains et les a serrées dans les siennes, avec une bonté tranquille qui m'a donné envie de pleurer encore. J'ai alors osé ces mots fous qui me brûlaient le cœur :

– Pouvez-vous me serrer dans vos bras durant une seconde ?

Il a souri, m'a déclaré tout doucement que cette tendresse, ce n'était pas lui qui pouvait me la donner, mais la vie. Cet homme que le provo avait présenté comme une espèce de star avait l'air franchement ému par ma demande et j'ai remarqué que des larmes perlaient dans ses yeux. Il m'a dit que je devais apprendre à me faire confiance si je voulais être heureuse, puis, en toute simplicité, il m'a ouvert les bras et je m'y suis jetée comme une petite fille qui retrouve son papa après une longue absence. Personne ne m'avait accordé autant d'attention, jamais encore je ne m'étais sentie aussi importante pour quelqu'un. Notre étreinte n'avait pas duré quinze secondes, mais j'ai eu l'impression qu'elle me guérissait de toutes les solitudes qui avaient parsemé mon existence.

6

« Bonjour ! Bonjour ! » J'étais apaisée et heureuse. Dans ma tête, je répétais sans cesse le mot magique qui avait ouvert les portes de mon cœur. Comment Robert Littré aurait-il pu me donner en quelques secondes ce dont je manquais tellement ? Qui était donc ce psy qui osait montrer ses émotions ? Peu m'importaient toutes ces questions, je me sentais bien pour la première fois depuis des années, profondément tranquille, libérée du poids de la solitude. Robert Littré m'avait prouvé qu'on peut aimer gratuitement, sans chercher à tirer profit de l'autre. Mieux : il m'avait convaincue d'une chose que je ne pouvais pas concevoir avant de lui parler : j'étais digne d'être aimée.

Cette simple idée-là transformait ma vie. En quelques secondes, j'avais appris que je n'étais pas la malheureuse que je croyais être, celle qui doit s'écarter de tous pour survivre. « Tu seras ce que tu feras de toi-même. Apprends à t'apprécier, Mélanie. » C'est sur ces mots qu'il m'avait raccompagnée, en serrant fortement ma main dans la sienne, jusqu'à la salle aux arcades. Il m'avait laissée là en me remerciant de lui avoir accordé ma confiance. Cet homme avait une force intérieure que j'avais rencontrée chez peu d'êtres, comme si le regard émerveillé qu'il portait sur la vie qui l'entourait le nourrissait, le faisait s'élargir, le rendait beau.

Quand je suis rentrée chez moi, il n'y avait encore personne et ça m'a soulagée. Même Barbe-bleue aurait remarqué que j'avais vécu un événement bouleversant et il n'aurait pas manqué de m'adresser l'une ou l'autre remarque pourrie sur la joie qui éclairait mon visage. Je me suis enfermée dans la salle de bain et j'ai pris une longue douche bien chaude. Mon corps entier vibrait d'une émotion nouvelle ; je me sentais plus légère, plus libre. Était-ce sa fonction de psy qui m'avait donné l'audace de me dévoiler sans retenue ? Jamais je n'en avais autant raconté sur moi en aussi peu de temps ! Exprimer mes douleurs m'avait permis de les observer de l'extérieur, de voir qu'elles n'étaient pas moi, de m'en dissocier. Moi aussi je pouvais être une jeune fille qui s'attendrit, qui accueille, qui se laisse étreindre ; je ne devais plus m'isoler et demeurer sur la défensive.

J'ai songé à Xavier ; si, au moins, il m'avait laissé un numéro de téléphone, j'aurais pu l'appeler pour le remercier pour son attention. Arthur, son drôle de copain, ne savait pas le plaisir qu'il m'avait fait en jouant le messager. Je me suis mise à chantonner en me coiffant. Ça ne m'était plus arrivé depuis si longtemps ! La grosse voix lourde de Barbe-bleue a subitement retenti derrière la porte :

– Alors, la vie est belle ?

J'ai sursauté et je me suis tue. À cause du bruit de la douche, je n'avais pas entendu qu'il était rentré. Il a ri. Il devait être satisfait de m'avoir interrompue. Encore une bonne grosse blague de mauvais goût ! Mais peut-être qu'au fond, il était content de m'entendre chanter et que j'interprétais mal sa question. J'avais tellement pris l'habitude de le considérer négativement que je ne lui accordais jamais le bénéfice du doute. Je ne lui ai pas répondu. J'ai entendu qu'il descendait l'escalier en grognant.

Au repas du soir, pas un mot. J'ai mangé la première, dans la cuisine. Deux tartines au fromage blanc et un yaourt. Quand je suis sortie de la pièce, j'ai vu que Barbe-bleue et ma mère étaient installés à table, l'un en face de l'autre. Barbe-bleue a décrété qu'il avait une migraine et qu'il ne fallait pas le déranger. Ma mère a commencé à dîner en silence. J'ai observé le manège de ces deux tristes fantômes avant de rejoindre ma chambre. Qu'aurait pensé le psy en nous voyant ? Aurait-il trouvé les mots pour rendre mon père plus humain ?

Le lendemain, je me suis éveillée avant que mon réveil ne sonne. J'ai tout de suite songé à Xavier. J'étais pressée d'être dans le bus espérant l'y voir. Mon impatience m'a fait sourire ; il y a quelques jours, j'aurais déclaré avec mépris que seuls les imbéciles peuvent se laisser guider par leurs sentiments.

Xavier m'attendait sur le trottoir, appuyé contre l'abribus, un sourire joyeux lui éclairant le visage. Je me suis sentie si heureuse de le voir que j'ai accéléré le pas sans m'en rendre compte. Arrivée près de lui, je lui ai tendu la joue. Il a paru ravi.

– Excuse-moi pour hier ! Une indigestion ! Je déteste manquer les rendez-vous que je fixe aux jolies filles ! C'est la première fois que ça m'arrive.

Mon cœur s'est serré dans ma poitrine. Et si Xavier n'était qu'un pénible dragueur... Pouvais-je lui accorder ma confiance ? Pour moi, ce n'était pas facile. Il devait être très sensible, car il a perçu mon changement d'humeur. Il m'a demandé s'il avait dit quelque chose de blessant.

– Tu sais, je parle souvent sans réfléchir et il m'arrive donc de lâcher des bêtises !

J'ai ri. Décidément, que ma raison le veuille ou non, ce garçon me plaisait.

Nous nous sommes installés l'un à côté de l'autre au fond du bus. J'étais heureuse de sentir sa cuisse contre la mienne et, quand j'ai senti ses doigts frôler ma main, je ne l'ai pas retirée. Il s'est montré délicat :

il ne l'a pas prise, il s'est contenté de l'effleurer une fois encore tout en continuant à parler. J'étais perturbée. Je tentais à la fois de suivre la conversation que nous avions et de répondre de manière compréhensible à ce qu'il me demandait, mais il fallait en même temps que je gère les manifestations de mon trouble : j'avais des bouffées de chaleur, des absences, je revenais à la discussion pour en ressortir presque aussitôt. Pendant un instant, Xavier s'est tu et j'ai pu atterrir. Nous nous sommes regardés dans les yeux et il a souri. Je me sentais pleine d'un délicieux désarroi. Je n'osais pas me l'avouer, mais je savais que, pour la première fois de ma vie, j'étais tombée amoureuse.

Un vieux réflexe m'a contractée tout entière et, soudain, je me suis écartée de Xavier, j'ai coupé le contact, je me suis murée dans ma peur. J'ai remarqué son regard étonné, légèrement déçu aussi, mais il a tenté de n'en rien laisser paraître en me demandant sur le ton de l'humour quelle mouche venait de me piquer. Je n'avais pas envie de rire et il en a pris pour son grade.

– La grosse mouche à merde qui me tourne autour depuis cinq minutes ! ai-je rétorqué agressivement.

Je m'en suis instantanément mordu les doigts, mais le mal était fait. Xavier a blêmi ; j'ai lu tellement de peine dans ses yeux que j'ai voulu m'excuser, mais je n'en ai pas été capable. Quelle conne ! Je me suis demandé si je gâchais tout à cause de cette haine qui m'habitait depuis tellement d'années, à cause de mon enfance déçue, de mon adolescence niée par Barbe-bleue et par ma mère. Avais-je peur d'aimer parce que je n'avais jamais appris de quoi il s'agissait ? Est-ce que je me barricadais dans mon isolement parce qu'aimer signifiait me livrer et que, chaque fois que j'avais osé le faire, je m'étais fait royalement flouer ?

Malgré la douche froide que je venais de lui faire subir, Xavier a eu les mots justes.

– Écoute, Mélanie ; Arrête ça, il y a des limites ! Je veux bien être la mouche, mais je refuse que tu sois la merde.

Je n'ai pas compris tout de suite mais le déclic s'est soudain fait et j'ai ri. Très fort, exagérément. Pour évacuer ma peur, pour demander le pardon que je ne pouvais pas exprimer, pour faire voler en éclats mes ridicules barrières. Plusieurs passagers se sont retournés vers nous ; je n'en avais rien à faire. Ce qui importait, c'était l'incendie qui me brûlait, pas le regard de ploucs qui ne savaient rien de ma vie. Je découvrais un nouveau monde !

Xavier m'a ramenée sur terre en jurant.

– Putain ! On a laissé passer l'arrêt de ton collège !

Ça m'a semblé si drôle que je me suis remise à rire. Mon existence sortait enfin de ses rails, ça décollait.

– Et alors ? ai-je dit. Il fait beau, aujourd'hui. Si nous allions plutôt nous promener...

J'ai lu dans ses yeux que je l'étonnais une fois de plus, mais, en même temps, ma proposition a paru le ravir.

– Marché conclu ! m'a-t-il répondu et nous nous sommes tapés dans la main.

Ce geste spontané m'a rapprochée de lui plus qu'il ne le croyait. En général, je conserve mes distances et je calcule mes mots et mes actes. « Mélanie, la froide pisseuse ! » avait un jour lancé ce crétin de Julien qui ne me supportait pas depuis que j'avais refusé de sortir avec lui.

Xavier et moi, nous sommes descendus deux arrêts plus loin. À quelques minutes à pieds, il y a un grand parc qui ouvre les bras à tous les amoureux du monde. Évidemment, notre balade improvisée nous imposait de trimbaler nos sacs d'école. Le mien était particulièrement lourd : madame

Baratinto avait exigé que nous amenions notre cours de sciences pour vérification. En songeant à ça, j'ai pesté. Cette chichiteuse en chef qui me portait en haute estime ne manquerait pas de vérifier la raison de mon absence et ça n'annonçait rien de bon. Si je ne trouvais pas d'excuse valable, elle était du genre à écrire une tartine dans mon journal de classe à destination expresse de Barbe-bleue ! Un regard vers Xavier m'a permis d'évacuer le nuage noir qui passait dans mon ciel. Il serait toujours temps de subir les orages plus tard !

Le parc était presque désert. Nous avons avancé dans la longue allée de marronniers qui en dessine l'entrée, nous laissant émerveiller par les mille chants d'oiseaux qui débordaient des branches en ce début de printemps. Xavier reconnaissait le chant de chaque oiseau. Je me suis rappelée qu'il m'avait dit aimer l'ornithologie. Plus loin, des cerisiers du Japon laissaient déjà paraître leurs fleurs roses et éphémères qui me ravissaient chaque année. Quelques retraités promenaient leur chien, un joggeur nous a dépassés et, sur l'étang à notre gauche, des colverts se poursuivaient en battant des ailes au-dessus de l'eau. Alors que j'aurais dû me trouver dans un coin du préau bruyant, entourée de crétins qui me méprisaient, prête à me farcir deux heures de français avant de pénétrer dans l'antre de l'horrible Baratinto, un doux bonheur m'envahissait. Ma vie pouvait être autre chose que la misère ! J'ai pensé au visage souriant de Robert Littré, à la façon dont il m'avait serrée dans les bras et combien je m'étais sentie soulagée. Je me suis lentement rapprochée de Xavier jusqu'à ce que nos épaules se touchent. Je ne sais pas lequel de nous deux a saisi la main de l'autre et ça n'a aucune importance. Nos doigts se sont mêlés, serrés, caressés pendant qu'entourés par les oiseaux, nous continuions d'avancer sans être capables de penser à rien. La chaleur de sa peau contre ma paume, toute la tendresse qu'elle racontait, tachycardait mon cœur qui n'en pouvait plus de courir loin du sien.

C'est moi qui me suis arrêtée la première et qui me suis tournée vers lui. Avec la demi-tête qu'il a en plus que moi, les lèvres de Xavier étaient à une distance idéale pour que nous échangions un baiser de film romantique, lui, la tête baissée sur mon visage. Dans son regard, j'ai lu autant de peur et de désir qu'il devait y en avoir dans le mien. Il a passé les bras autour de ma taille et m'a serrée contre lui. Mes doigts se sont rejoints autour de sa nuque et, dans un même mouvement, nos bouches se sont rapprochées l'une de l'autre. Nous avons d'abord échangé un court baiser mouillé, puis un plus long, puis un plus long encore ; j'aurais voulu que mes lèvres demeurent soudées aux siennes, que mes seins s'écrasent contre son corps, que nos bras, comme des cobras, s'enlacent et soient pour toujours les lacets de nos chaussures de vent en route vers les étoiles. À peine nous écartions-nous l'un de l'autre un instant, que nous nous rapprochions aussitôt en douceur pour nous voler encore un morceau de baiser, yeux dans les yeux, heureux, nous étreignant les mains dans une danse immobile, sans un mot, débordant tous les deux de plaisir.

Chaque phrase semble fade et inutile après un tel voyage. Il fallait pourtant bien que les mots résonnent à nouveau, que nous revenions à la réalité. Un aveu a fleuri sur mes lèvres :

– Le dernier à m'avoir étreinte avec autant d'amour était un psychologue.

Les yeux de Xavier se sont écarquillés de surprise.

Je lui ai alors tout raconté : l'écoute attentive de Robert Littré, son infinie délicatesse. Lorsque je me suis tue, Xavier a eu cette phrase :

– Il est chouette, ce type-là et il ne représente aucun danger pour moi. Je veux bien qu'il t'étreigne encore !

J'étais heureuse.

7

– Bonjour, Mélanie ! J'imagine que tu n'as pas entendu sonner ton réveil… À moins que tu ne m'inventes une autre excuse ?

L'éducatrice me toisait du haut de son mètre quatre-vingts, les bras croisés sur le ventre, la tête légèrement tirée en arrière, les yeux durs. Je n'ai pas menti, je n'avais pas envie de nier Xavier une minute après l'avoir quitté, d'inventer une histoire dont il n'était pas le héros. Je lui ai répondu froidement que je n'avais pas d'excuse, que j'étais la victime consentante des parfums du printemps et de l'amour. Elle m'a dit qu'elle appréciait que je ne la trompe pas, a ajouté qu'elle ne pouvait cependant pas fermer les yeux sur un retard d'une heure et demie et qu'elle m'offrirait avec regret deux heures de retenue dans les jours qui suivraient. La sanction était juste, je n'avais rien à y redire. Elle a conclu en précisant qu'elle ne me mettrait pas mes heures de colle un mercredi après-midi, qu'elle ne voulait pas que j'arrive une nouvelle fois en retard parce que je n'avais pas pu voir mon amoureux quand j'avais congé. Au fond, elle est chouette, mais il faut qu'elle joue son rôle de garde-chiourme. Elle doit avoir vingt-cinq ans et, pour elle, qui était adolescente il n'y a pas très longtemps et qui a sans doute commis les mêmes bêtises que nous, ça ne doit pas tous les jours être balèze d'avoir été promue au grade d'emmerdeuse en chef.

– Rejoins ta classe, Mélanie. Dis à ton professeur que tu m'as vue.

Monsieur Bonheur, notre prof de français, est un brave type. Après que je me suis excusée pour mon retard, il m'a laissée m'installer au fond de la classe sans le moindre commentaire déplaisant. Je lui en ai été très reconnaissante et j'ai tenté d'être attentive aux vingt dernières minutes de son cours. C'était quasi mission impossible : les moments géniaux que je venais de vivre avec Xavier défilaient dans ma tête et me coupaient du monde réel. Je sentais son baiser sur mes lèvres brûlantes de désir, son étreinte enivrante. Je revoyais ma tête abandonnée contre son épaule, je rembobinais la bande son de ses mots tendres, celle des chants d'oiseaux qui semblaient applaudir notre rencontre. Je recomptais nos pas tranquilles vers le collège, nos hésitations : devions-nous nous absenter pour la matinée ou rentrer sagement au bercail ? Ma peur de la méchanceté de Baratinto m'avait fait trancher ct Xavier m'avait donné raison. Il était inutile de mettre le feu aux poudres ; nous aurions encore bien des occasions pour nous voir. Pendant que monsieur Bonheur parlait du dernier roman de Jean Molla, un auteur contemporain que notre classe avait découvert avec énormément de plaisir et dont j'avais lu plusieurs livres, je demeurais sur ma planète amoureuse sans vraiment m'en vouloir, persuadée que l'écrivain m'aurait comprise et pardonnée. Le rire de Xavier n'arrêtait pas de résonner dans mes oreilles comme un appel formidable à la vie et à la bonne humeur.

Monsieur Bonheur a terminé son cours juste avant que la sonnerie retentisse. Certains profs doivent avoir une horloge dans le ventre pour être aussi précis. Pendant que je rangeais mes affaires dans mon sac, il s'est approché de moi et m'a soufflé, presque sur le ton de la confidence :

– L'amour te va bien, Mélanie. Je suis heureux pour toi.

J'ai sursauté. Monsieur Bonheur était-il

aussi fort que certains le prétendent pour me deviner ou mon irruption dans l'univers de l'amour se remarquait-elle autant que ça ? Il a répondu à la question que je n'avais même pas posée :

– Il ne faut pas être devin pour éprouver que quelque chose d'important et de bon est arrivé dans ta vie.

Je l'ai regardé avec reconnaissance et, sans ajouter quoi que ce soit, j'ai quitté la classe. J'aurais dû le remercier de m'avoir fait prendre conscience de mon nouvel éclat. Avec Bonheur, qui est discret et respectueux, pas de danger que mon amour s'ébruite, mais il ne faudrait pas que les autres s'en emparent. Surtout pas la mère Baratinto qui s'en servirait pour alimenter ses moqueries.

Elle nous attendait, les mains derrière le dos, comme un adjudant chef qui s'apprête à sévir. J'ai compris que j'avais bien fait de ne pas sécher son cours. Les jours où elle vérifie les classeurs, Baratinto est d'humeur satanique et elle ne nous passe rien. Pendant qu'elle jouait à nous effrayer, je pensais à Xavier, à notre long baiser sous les marronniers, aux oiseaux qui nous faisaient la fête. Il suffit parfois d'un détail pour que plus rien ne soit semblable, une rencontre, un sourire, une oreille attentive. Est-ce parce que j'avais changé d'énergie, parce que j'étais devenue plus accueillante que tout cela m'arrivait ? Depuis que j'avais craqué lors de la conférence, depuis que le raz de marée de ma souffrance intime avait brisé la digue de mon indifférence, des événements que je n'aurais jamais imaginés déboulaient dans mon existence. Xavier était le plus beau de ceux-ci et je sentais qu'il allait bouleverser mes idées sur l'amour. Les autres garçons avec qui j'étais sortie n'avaient été que des défis que je me lançais pour me prouver que j'étais une adolescente comme les autres. Xavier était le premier dont je me sentais éprise, avec qui j'avais envie de tout partager, de me montrer telle que je suis. Et pourtant, malgré la joie, une sourde angoisse me tordait les tripes : j'avais si peur d'être déçue.

– Mélanie Bertrand ! Vous êtes devenue sourde ?

La voix acariâtre de Baratinto m'a brusquement sortie de mes pensées. Je l'avais complètement zappée, celle-là ! Plusieurs élèves se sont retournés vers moi, attendant sans doute une répartie de ma part, mais je n'avais aucune envie de leur offrir du spectacle. Je me suis tranquillement levée et suis allée présenter mon cours à la prof. Plus question de répondre à ses provocations ; elle en serait la première contrariée. Elle a feuilleté mes notes en fronçant les sourcils, mais j'étais en ordre et elle avait beau vouloir pinailler, elle n'a pas pu me prendre en défaut. Visiblement, ça la chagrinait.

– Le discours du petit psychologue vous a ressuscitée, ma chère ! Vous ne m'avez jamais montré un cahier aussi bien tenu.

Mon ventre s'est noué. Cette bonne femme se moquait décidément de tout, même de Robert Littré dont elle avait pourtant semblé boire les paroles. Si je m'énervais, elle gagnait.

– L'esprit souffle là où on l'accueille, madame Baratinto !

Ma répartie tranquille l'a surprise : elle m'a transpercée d'un regard dur, m'a tendu mon cahier et m'a jeté sur un ton sec :

– Allez vous asseoir, Bertrand !

Quand je suis arrivée à ma place, Nora m'a murmuré :

– Chapeau, tu ne t'es pas énervée ! Ça doit la faire chier grave !

Moi même, je ne me reconnaissais pas dans cette réplique. On aurait dit une phrase tout droit sortie de la bouche de Robert Littré. Baratinto et moi, nous avions déjà eu des prises de bec épiques ; sa mauvaise foi et son agressivité réussissaient toujours à me faire sortir de mes gonds. Je me suis sentie fière de moi, heureuse de ne pas être tombée dans le piège tendu par cette palourde. Pendant qu'elle poursuivait ses vérifications, elle nous avait donné un travail ; je m'y suis plongée le plus consciencieusement possible, en tentant de ne pas penser à Xavier, persuadée que Baratinto se ferait un plaisir d'examiner mes réponses à la loupe pour y déceler la moindre erreur.

La suite de la journée a été moins stressante. Des profs ronronnants, des cours où l'on se roule en boule en attendant qu'ils se terminent. Xavier m'avait promis de venir me chercher à la sortie. J'espérais que les autres ne le remarqueraient pas ; je craignais des rumeurs imbéciles et je ne me sentais pas prête à bien réagir.

Pour venir de Louis Pasteur à notre bahut, il faut traverser une grande partie de la ville et je savais que Xavier ne pourrait pas arriver à l'heure. Pourtant, lorsque nous sommes sortis, il était là, planté sur le trottoir d'en face : trop craquant ! Dans mon dos, j'ai reconnu les voix des crétins : Julien et ses potes ; c'était bien ma veine ! Sans se douter de rien, Xavier a traversé la rue et s'est dirigé droit sur moi. Il m'a prise dans ses bras. Bien que contractée, je n'ai pas pu résister à l'élan qui me portait vers lui et je l'ai embrassé. La remarque de Julien a cogné comme un coup de poing :

– Putain, v'là où il souffle l'esprit ! Dans sa petite culotte !

Xavier a senti que je me tendais. Il s'est écarté de moi, s'est vivement tourné vers Julien et, avant que celui-ci puisse faire un geste, l'a saisi par le col de sa veste et a amené son visage contre le sien.

– On se passe de tes commentaires. Tu captes ça, gros nase ?

C'était dit posément, mais avec une fermeté que je découvrais chez lui.

– Elle a trouvé un mec qui mord comme elle. Laisse tomber ! a dit Charles.

Julien ne semblait pas en mener très large. Xavier l'a lâché, m'a pris la main et nous nous sommes éloignés du groupe d'où des commentaires fusaient déjà. Ni Xavier ni moi ne nous sommes retournés.

La main de Xavier dans la mienne, la tête posée sur son épaule, j'avançais sans plus songer à rien. Mon bonheur avait le goût d'un morceau de chocolat qui fond lentement dans la bouche et je m'étonnais de cette sensation rose bonbon qui me remplissait à la fois de plénitude et de frayeur. J'étais bien, je m'oubliais, je sentais mon corps détendu et, en même temps, je flippais parce que j'avais le sentiment de me perdre. Où était donc la Mélanie noir goudron, maîtrisant ses pensées et calculant ses gestes, prête à sauter au visage de tout agresseur ? La phrase a éclos, fragile et tendre sur mes lèvres :

– Ça me fait drôle de me sentir aussi molle, Xavier. Je peux vraiment te faire confiance ?

J'ai eu un sursaut. Un boulet d'angoisse s'est formé dans ma gorge et je me suis écartée de ce corps si accueillant. Xavier ne s'est même pas énervé, il s'est contenté de me regarder droit dans les yeux comme pour me signifier que ma question était ridicule. Il avait raison : c'était à moi de répondre à ma question, pas à lui ; c'était à moi d'oser l'amour. Nous nous sommes regardés dans les yeux pendant de longues secondes et j'ai senti qu'il m'offrait sa confiance. Je me suis dit qu'il était temps qu'enfin j'accorde la mienne à quelqu'un et, lentement, je me suis rapprochée de lui pour poser doucement mes lèvres contre les siennes.

C'est à cette seconde-là que tout a chaviré. Nos langues venaient à peine de se mêler lorsque j'ai violemment été arrachée à l'étreinte de Xavier par une poigne agressive et par un hurlement vengeur :

– Tu n'as pas honte de te donner en spectacle !

Barbe-bleue ! Mon ordure de père me gâchait une des plus belles minutes de ma vie. Qu'est-ce qu'il foutait par ici ?

– Petite garce ! À la maison, tout de suite !

Pour Xavier, il n'a pas eu un mot. J'étais anéantie. Pourquoi mes rêves se transformaient-ils toujours en gifles ? Pourquoi la haine et le désespoir ? Le monstre m'a brutalement saisie par le bras et m'a entraînée vers sa voiture. J'étais tellement sonnée que je me suis laissée faire. Je n'étais même plus capable de penser. Xavier devait être aussi saisi que moi, car il n'a pas bronché. Barbe-bleue a ouvert la portière côté passager et m'a poussée sur le siège. Je m'y suis effondrée. Il a fait le tour du véhicule, s'est assis à la place du conducteur et a démarré en jurant. J'ai vu Xavier, planté sur le trottoir, droit comme un i, à l'endroit même où quelques secondes plus tôt, nous échangions un baiser. J'ai regardé sa silhouette rapetisser au fur et à mesure que la voiture avançait : Xavier n'avait toujours pas bougé d'un poil.

8

Ma mère nous a regardés pénétrer dans la cuisine sans nous dire bonjour. Comme d'habitude. Dans ses yeux, j'ai lu un point d'interrogation. Il n'était pas ordinaire que mon père et moi rentrions ensemble. Il avait roulé comme un dingue et j'étais là bien plus tôt que si j'avais pris le bus. Une question germait sur ses lèvres, mais mon père a coupé court en hurlant :

– Ta fille se donne en spectacle en rue comme une petite pute !

On aurait cru qu'il prenait plaisir à prononcer ce mot qui sonnait aussi fort qu'un coup de klaxon. Évidemment, comme toujours lorsque je lui déplaisais, je n'étais plus que la fille de ma mère, pas la sienne !

– Une pute !

Ma mère nous observait sans prononcer un mot. Au fur et à mesure que le con hurlait, son visage à elle pâlissait, ses lèvres se pinçaient, ses yeux se durcissaient ; je ne l'avais jamais vue dans un état pareil. Soudain, elle a explosé, elle a crié à Barbe-bleue qu'elle exigeait de savoir ce qui lui permettait de proférer de telles injures. Mon père s'est tu, surpris par la virulence de sa réaction, puis il a grincé avant de ricaner :

– L'être mou et indifférent aurait-il des crocs ?

Quel salaud ! Comment ma mère avait-elle pu aimer un connard pareil ? Elle a alors eu un geste absolument inédit, inconcevable pour moi qui ne l'avais connue que pâlichonne et en retrait : elle a giflé Barbe-bleue de manière fulgurante et sauvage. Ensuite, ses mots ont claqué comme un coup de fouet :

– Tu m'as assez traitée de pute pour que je t'interdise d'utiliser cette insulte à l'égard de ma fille.

La suite est interdite aux mineurs. Quand il s'est remis de sa surprise, Barbe-bleue a rugi, s'est jeté sur elle, l'a saisie par le col de son chemisier, l'a projetée vers le mur et, alors qu'elle s'écroulait sur le sol, il lui a craché au visage :

– N'oublie jamais qui je suis ! N'oublie jamais qui je suis !

J'étais écœurée, dégoûtée par la scène à laquelle j'assistais. J'avais envie de hurler, de secourir ma mère, de battre ce salopard jusqu'à ce qu'il crève, de nous libérer, elle et moi, du joug de ce barbare, mais je n'étais capable ni d'un mot, ni d'un mouvement. J'étais tétanisée par la peur.

Ma mère s'est relevée en ne lâchant pas mon père des yeux. D'un geste tranquille, elle a mis de l'ordre dans les vêtements qu'il avait maltraités et, ensuite, elle s'est tournée vers moi et, sur un ton sec, m'a déclaré :

– Tu n'es pas une pute, Mélanie. N'autorise personne à te dire ça !

Elle a quitté la pièce au moment où l'autre enfonçait son poing dans le mur en jurant salement.

C'était bien la première fois que je voyais ma mère dans cet état et je n'aurais pas pu imaginer qu'elle pût ainsi tenir tête à la brute. Pour moi, ces deux êtres vivaient l'un à côté de l'autre en s'ignorant. Outre les grognements de Barbe-bleue auxquels je ne prêtais guère attention, il y avait peu de heurts violents entre eux puisque ma mère esquivait sans cesse les attaques. Pourquoi le terme « pute » l'avait-il mise dans cet état ? Pourquoi avait-elle rugi de la sorte pour me défendre ? C'était nouveau ça !

Mon père a poussé un nouveau cri et a tourné vers moi des yeux injectés de sang et de colère. J'ai songé que s'il osait me toucher, je le tuerais. Ensuite, j'ai eu peur, très peur de lui et, avant qu'il puisse commencer la phrase que je sentais qu'il allait lâcher, j'ai quitté la pièce en courant et j'ai filé dans ma chambre.

– C'est ça ! Fous le camp ! Fous le camp !

Enfermée à double tour, couchée sur mon lit, j'ai enfin eu le temps de reprendre mes esprits. Pourquoi avait-il fallu que Barbe-bleue nous surprenne et qu'il détruise tout ? Le baiser de Xavier était si doux, si tendre ; mon corps contre le sien, un moment d'espoir. Y avait-il un dieu qui programmait des saloperies pareilles ? La maison était silencieuse, comme la nature juste après l'orage. Chacun s'était isolé sur son île, loin des autres. J'avais envie de fuir, d'aller rejoindre Xavier, de me blottir dans ses bras et de reprendre à zéro cette balade qui avait mal tourné. Où était-il ? Que pensait-il ? Voudrait-il encore de moi après un tel scandale ? Nous n'avions même pas échangé nos numéros de portable ou notre adresse ! Comment pourrais-je le retrouver s'il décidait de ne plus me voir ? En l'attendant devant son lycée comme une gourde ?

J'ai fermé les yeux, profondément désespérée. Une fille comme moi n'avait sans doute pas droit au bonheur. À l'instant même où j'avais osé y croire, une bombe avait éclaté et avait tout détruit. Une question pour le prof de maths : quelles étaient les probabilités que Barbe-bleue nous surprenne, Xavier et moi ?

En bas, la télé gueulait. Il s'était sans doute vautré dans le canapé du salon avec une chope sur la panse. Impossible de quitter la maison sans qu'il me remarque. Ma mère s'était enfermée dans leur chambre et, bien qu'elle fût à côté de la mienne, je n'y percevais aucun bruit. Je ne voyais aucune issue pour me sortir de ce guêpier.

N'avais-je pas le droit de fréquenter un garçon ? Qu'imaginait-il ? Que je lui appartenais et qu'il pouvait me dicter mes sentiments ?

J'ai sombré dans une espèce de triste délire où j'en voulais à la vie et où tout me semblait une cause de désespoir. Cette journée que, quelques heures plus tôt, j'imaginais la plus belle de ma vie, s'achevait en eau de boudin. « Bonjour, bon jour ! » Tu parles ! Les belles phrases de Robert Littré ne m'étaient sans doute pas destinées, le mot « Maljour » aurait dû être inventé pour moi.

Ma mère a fini par se remuer et est descendue à la cuisine. Ensuite, elle m'a appelée pour le repas. Ce n'était pas dans ses habitudes. Pourquoi désirait-elle que nous nous retrouvions autour de la même table ? Après ce qui s'était passé, je trouvais que c'était une mauvaise idée. Je n'ai pas répondu, mais elle a insisté.

– Mélanie, viens. Je te promets qu'il ne se passera rien.

Est-ce sa phrase, est-ce le ton sans appel sur lequel elle l'a prononcée qui m'ont convaincue ? Ma mère m'a surprise : ça faisait des mois qu'elle ne s'était plus adressée à moi avec autant de gentillesse ! Je suis descendue. Les émotions, sans doute, m'avaient creusée et, quand j'ai pris une deuxième part de lasagne, l'autre, qui n'avait pas encore ouvert sa grande gueule, a lâché que l'amour ne me coupait pas l'appétit. J'ai senti une grosse boule me nouer le ventre. Ma mère a donné un coup de manche de couteau sur la table et, sur un ton sec, elle a dit :

– Tu la fermes, Fernand, ou je lui raconte tout. Tout, tu comprends ?

Barbe-bleue a ouvert la bouche, l'a refermée, a pâli, des gouttes de sueur ont perlé sur son front et il a baissé la tête. Un miracle ! Je venais d'assister en direct à un miracle ! Ma chiffe molle de mère avait rabattu le caquet du monstre. Que savait-elle donc qui lui faisait tellement peur ? La tête brûlante de questions, j'ai achevé ma deuxième part de lasagne. Le silence était mortel. J'ai remarqué qu'à plusieurs reprises, ils se sont fixés dans les yeux, froidement, avec une violence inouïe. Pour la première fois devant moi, ma mère tenait tête à son persécuteur. Il a finalement haussé les épaules, s'est levé et est allé se réfugier derrière son journal dans le salon. Un masque de triomphe s'est dessiné sur le visage de ma mère. Elle s'est levée, a débarrassé la table.

Je ne savais pas pourquoi, mais je pressentais que, dorénavant, j'avais une alliée. Si je revoyais Xavier et que mon père l'apprenait, j'étais certaine qu'elle me défendrait. Je suis montée dans ma chambre à pas de loup. Du sommet de l'escalier, j'ai perçu le regard haineux que Barbe-bleue me lançait par-dessus son journal. La colère m'a envahie ; pourquoi n'était-il pas capable de m'aimer ? Je me suis arrêtée, j'ai soutenu son regard et, avec hargne, j'ai lancé :

– Je ne suis pas une pute, tu entends !

Il a plissé les yeux avec sévérité, mais il n'a rien dit. J'ai tourné les talons et j'ai pénétré dans ma chambre avec un sentiment de victoire.

Durant la nuit, j'ai étonnamment bien dormi. Malgré mon père, malgré Xavier, malgré le fait qu'on était un samedi et que je ne pourrais pas le voir puisque nous ne savions encore rien l'un de l'autre à part l'échange de notre cortège de baisers. Quand je suis entrée dans la cuisine, Barbe-bleue n'était pas encore debout. Le week-end, il récupère ! Il ne montrerait pas sa mauvaise humeur avant midi. J'avais envie de parler à quelqu'un, de raconter ce qui m'était arrivé, d'exprimer la rage qui me tordait les tripes.

J'ai décidé d'aller voir Robert Littré. En urgence, sans prévenir, avec des questions non préparées. Pour ça, il fallait sortir de la ville et, le samedi, les transports en commun ne sont pas toujours au rendez-vous. J'ai mis plus d'une heure et demie pour arriver devant la grande porte cochère de l'édifice où il travaillait. Dans l'entrée, une petite femme potelée m'a accueillie sèchement. Quand je lui ai annoncé l'objet de ma visite, elle a fait la moue. Oui, monsieur Littré était présent, mais il était très occupé. Sans rendez-vous, il était difficile de le voir. Elle m'a énervée. Elle avait raison, j'aurais dû appeler avant de venir, mais, pour une fois que j'étais spontanée, je ne voulais pas qu'on me claque la porte au nez.

– Est-ce qu'il faut prendre rendez-vous avec lui quand on veut mourir ? ai-je lancé agressivement.

La petite bonne femme ne s'est pas départie de son calme, m'a jeté un coup d'œil surpris et m'a dit qu'elle allait voir si le psy était disponible. Elle a composé un numéro de téléphone et, quand elle a eu Robert Littré en ligne, elle m'a tendu le combiné. J'ai alors pris conscience de mon manque de tact ; je n'avais pensé qu'à moi !

– Allô, allô ?

Ma gorge était si serrée qu'il m'a fallu quelques secondes pour lui répondre. Je n'ai eu le courage que d'une petite phrase :

– C'est Mélanie. J'ai besoin de vous, s'il vous plaît.

Il m'a dit qu'il arrivait tout de suite et il a raccroché. Trois minutes plus tard, il traversait le hall, le sourire chaleureux, les yeux brillants, la main tendue. Je me suis écroulée en larmes contre son épaule. Il m'a conduite dans une pièce sur la gauche, une espèce de petit salon tranquille. Je me suis laissée choir dans le fauteuil qu'il m'a présenté et j'ai vidé mon sac en un long flot larmoyant. Robert Littré a écouté mes baisers langoureux avec

Xavier, l'apparition horrible de Barbe-bleue dans mon conte de fée, la colère et les menaces inédites de ma mère et le désarroi qui consumait mon cœur. Je me suis enfin tue, puis je me suis excusée de voler ainsi son temps, de m'être imposée, de manquer de délicatesse, de... Il a posé une main sur mon bras et il a eu ces paroles :

– Mélanie, c'est mon devoir d'être là pour écouter aussi bien la colère qui gronde que l'amour qui embrase. Je te remercie pour la confiance que tu m'accordes.

Pas une remarque sur le fait que je le dérange, pas une phrase impatiente ! Il était tout simplement là, proche de moi, en empathie. Son attitude m'a caressé le cœur et j'ai réussi à sourire.

– Je vais vous laisser maintenant. Je crois que je peux à nouveau tenir sur mes deux jambes.

Il a souri et a serré mes mains dans les siennes.

– Bonne route, Mélanie. Tu sais où tu peux me trouver si tu as besoin de moi. Pour être sûre que je sois là, téléphone avant. Ce serait inutile de faire tout ce trajet pour rien.

Le retour vers le centre-ville a été plus rapide. Il me restait un peu de temps libre avant le repas ; j'ai décidé d'aller me promener au parc pour revivre, dans l'allée de marronniers, le parfum du premier baiser que Xavier et moi avions échangé.

9

Un vent léger berçait les feuilles printanières et les oiseaux jouaient à cache-cache entre les branches.

– Bonjour !

J'ai tout de suite reconnu sa voix. Comme s'il voulait se mettre au diapason du pépiement des oiseaux qui tournoyaient au-dessus de moi, il a murmuré plus bas :

– Bonjour, Mélanie chérie.

Mon cœur s'est mis à chanter et j'ai senti le rouge me monter aux joues. Trop heureuse, j'étais trop heureuse ! Parce que je n'y croyais pas ou pour faire durer le plaisir, peut-être aussi parce que je pensais que c'était un rêve, je ne me suis pas retournée tout de suite, j'ai attendu qu'il prononce encore ce bonjour merveilleux. Il l'a répété, j'ai senti ses mains se poser avec douceur sur mes épaules. J'ai pivoté et je me suis retrouvée dans les bras de mon Xavier à qui j'ai tendu mes lèvres gourmandes d'un baiser, avides d'un énorme câlin.

Ce n'est que lorsque mon cœur et mon esprit ont repris leur souffle que j'ai pu lui demander par quel miracle il était là.

– Parce que je voulais retrouver ta présence. Parce que tu me manquais. Parce que j'avais besoin de toi.

J'ai bu ses paroles comme on s'abreuve à une source vive et bruissante ; elles m'éclairaient, me procuraient un bien immense, me détournaient du malheur. Nous avons échangé un interminable baiser qui m'a remplie de tendresse. De mon corps naissaient des fibres qui m'attachaient au sien, de mon âme montaient des rires qui embonheuraient ma vie. Est-ce la vie qui nous a donné la force de redevenir humains, de descendre sur Terre, de nous détacher l'un de l'autre pour nous raconter la journée folle que chacun de notre côté nous avions vécue après notre séparation ?

Quand Xavier avait vu Barbe-bleue m'emmener brutalement, il avait d'abord voulu se jeter sur lui, mais il avait compris que, face à cette force bestiale, il ne ferait pas le poids. Il avait assisté à mon départ avec effroi, croyant, pendant un instant, qu'on me kidnappait, comprenant vite que je connaissais mon agresseur, qu'il était mon père, se posant ensuite mille questions sur lui, sur moi et ayant peur qu'il m'arrivât un malheur.

– J'ai juré, je me suis traité de con ; pourquoi ne t'avais-je pas demandé ton adresse ou ton numéro de portable ? Je ne savais même pas ton nom de famille et aucun de tes copains ne pouvait me renseigner. Un vendredi soir, en plus. La véritable poisse !

Il était rentré chez lui, complètement flingué, ne sachant comment m'aider, fou de colère, d'angoisse et d'amour.

– Je n'en ai pas dormi de la nuit, Mélanie. Je t'aime.

J'ai replongé dans ses bras. Il était adorablement chou ! Ensuite, je lui ai raconté ma soirée, l'attitude inédite de ma mère, le recul de mon père et ma fuite, le matin, pour aller voir Robert Littré. Xavier a souri, m'a serrée contre lui, m'a murmuré dans l'oreille qu'il trouvait génial que nous ayons eu la même idée, celle de revenir au parc pour ressentir la présence de notre premier baiser. « Ressentir » ; le mot était juste. En retournant dans l'allée aux marronniers, j'espérais vraiment y capter une émanation de notre amour, un arôme, une odeur.

En parlant, nous progressions lentement dans ce parc où le printemps éclatait en sonorités, parfums et couleurs. Je me demandais comment j'avais pu vivre aussi longtemps dans l'insipide et dans le gris, je comprenais mieux la joie un peu folle de mes copines amoureuses, le bonheur solaire qu'elles dégageaient et qui m'horripilait parce que je ne l'avais jamais touché. « Bonjour, bonjour les hirondelles ! Bonjour la vie, bonjour le ciel, bonjour l'amour ! » Il m'apparaissait enfin que ce petit mot ouvrait les portes de l'existence et les phrases que le psy avait prononcées lors de sa conférence me revenaient à la mémoire : « Lorsqu'on dit bonjour à l'autre, on l'accueille, mais on s'accueille aussi soi-même. Dire bonjour, c'est comme un sourire ou une main tendue, dire bonjour, c'est déclarer à celui qui nous fait face : je reconnais ta présence au monde. » Je prenais pleinement conscience que j'avais été malheureuse d'entendre ces mots-là parce qu'intimement, je savais que je n'en vivais rien, parce qu'ils me montraient que j'étais une exclue, parce qu'ils me faisaient comprendre qu'en rejetant les autres, on s'exile de soi. C'est pour ça que j'avais crié dans la salle, me fichant de la présence des élèves, de celle des profs et du provo.

En avançant avec Xavier, la tête posée contre son épaule, je me suis rendu compte qu'en plus d'avoir vécu à l'écart des autres, je m'étais bannie de moi-même et ça, je ne le voulais plus !

Un nuage est passé dans le ciel et a caché le soleil l'espace de quelques secondes. Le portable de Xavier a sonné et j'ai vu qu'il faisait une grimace en regardant s'afficher le numéro qui l'appelait.

– Ma mère, a-t-il dit. Nous nous étions fixé rendez-vous en ville. J'ai oublié.

Il a eu une moue craquante avant de répondre. Pendant qu'il parlait au téléphone, je lui ai fait de petits bisous sur la main. Dire qu'il n'y avait pas huit jours, je trouvais celles qui agissaient ainsi tellement ridicules ! Xavier expliquait à sa mère qu'il se trouvait avec une copine, qu'il s'excusait pour le retard, qu'il serait là dans une demi-heure.

– Une copine ? ai-je demandé quand il a raccroché.

– Elle est cool, mais je ne peux pas lui annoncer sans précautions que tu es ma petite-amie. Elle n'a pas encore résolu son Œdipe avec moi ; or… c'est la première fois que j'ai une vraie amoureuse.

Pour déclarer ça, il a eu une mimique impayable qui a ajouté à mon bonheur. J'étais sa première petite-amie et il était mon premier petit-ami.

– T'es jamais sorti avec aucune fille avant moi ?

Xavier m'a regardée dans les yeux et m'a répondu non.

– Tu vas peut-être trouver ça ridicule, mais j'ai toujours rêvé de tomber tout de suite sur la bonne et, lorsque je t'ai vue dans le bus, j'ai su que c'était toi.

Je n'en revenais pas. Les mecs, c'est parfois si con à cet âge. Pour palper des nichons, certains feraient n'importe quoi ! Avais-je rencontré le dernier romantique de la Terre ? Ma chance tournait-elle et la vie, qui, jusqu'alors, m'avait boudée, se décidait-elle enfin à m'offrir des cadeaux ? J'ai fermé les yeux pour savourer mon bonheur. Le visage de Barbe-bleue est passé sur l'écran de ma mémoire et j'ai frissonné. Xavier m'a demandé si ça allait.

– J'ai pensé à mon père. Ah, si je ne pouvais être que près de toi...

Hélas, il a fallu qu'on se quitte. Je n'avais pas envie de rencontrer sa mère et lui non plus n'était pas pressé de révéler au grand jour notre secret. Notre amour n'appartenait qu'à nous seuls ! Nous nous sommes appuyés contre le tronc d'un marronnier pour échanger un long au revoir soyeux et tendre. Au-dessus de nos baisers, les oiseaux menaient la danse, sans doute jaloux de notre passion, tentant d'en faire plus dans un tintamarre d'ailes vibrantes et de chants tourbillonnants. La froide Mélanie que j'étais il y a encore quelques jours avait le corps rempli de sève et de désir. Nous aurions été seuls dans une pièce que j'aurais voulu que Xavier m'en donne davantage, me caresse, me déboutonne et me dégrafe, qu'il se plaque avec tendresse tout contre ma peau fiévreuse et assoiffée de ses doigts doux.

Je l'ai regardé s'éloigner. Nous nous sommes envoyé un dernier baiser au moment où il tournait le coin de l'avenue. Il était passé midi et le soleil cognait dans un ciel bleu qui parlait déjà d'été. Je suis retournée à pied jusque chez moi ; mes parents devaient se demander où j'avais filé et l'idée seule de les retrouver a rempli mon esprit d'une dépression qui a poussé bien loin l'anticyclone heureux que je venais de vivre. Des nuages lourds d'angoisse pesaient sur mon cœur lorsque j'ai tourné la clef dans la porte et ils ont craqué dès que j'ai entendu la voix de mon père.

– Ah, la voilà ! Elle est sortie nous acheter des croissants sans doute ?

Le visage fermé, je suis entrée dans le salon. Il était vautré dans son fauteuil. Il m'a regardée traverser la pièce et rejoindre ma mère qui achevait le repas dans la cuisine ; j'ai senti sa mauvaise humeur dans mon dos, mais il ne m'a rien dit. De quoi avait-il donc peur ? Qu'est-ce que ma mère taisait comme secret qui le faisait frémir ? Dans la cuisine, elle achevait de découper un poulet rôti qui sentait drôlement bon. J'ai vu son couteau s'enfoncer dans les chairs de l'animal et j'ai songé qu'il serait si simple de percer l'outre pleine de bière qui croupissait dans l'autre pièce. Je ne supportais plus ce père et j'avais à présent envie qu'il le sache. L'amour de Xavier me donnait des ailes et je désirais hurler que, désormais, je ne serais plus soumise à personne.

Il m'a fallu quelques secondes pour remarquer que ma mère avait interrompu son travail et qu'elle m'observait. Un instant, j'ai cru apercevoir un sourire sur ses lèvres, puis elle a repris sa besogne et la pointe de son couteau a fait craquer les os. Tout en achevant de découper la bête, elle a eu cette petite phrase rapide :

– Ne l'attaque pas de face. Sois prudente.

Son ton était déterminé. J'en ai eu un frisson dans le dos. Pourtant, jamais encore ma mère ne s'était autant immiscée dans mon éducation. À la maison, ça faisait des années que nous ne nous parlions plus, sauf pour des faits sans importance ou pour nous disputer. Chacun vivait sur sa planète, à l'écart des autres, sans partage et sans échange. C'était ahurissant : tout à coup, ma mère faisait attention à moi et devinait les sentiments qui bouleversaient mon âme.

En la regardant déposer les morceaux de poulet dans un plat, j'ai dit :

– T'inquiète pas. Merci.

Cette fois, j'ai vu un vrai sourire éclairer son visage. Du salon, Barbe-bleue a hurlé :

– C'est quoi, vos messes basses ?

Ni ma mère, ni moi n'avons répondu à cette provocation. Elle a déclaré d'une voix terne :

– Le repas est prêt, installe-toi à table.

Poulet rôti, compote de pommes et croquettes : un vrai délice. Était-ce le printemps ou l'amour qui m'ouvrait ainsi l'appétit ? Comme la veille, j'ai mangé pour deux et Barbe-bleue l'a remarqué :

– Tu bouffes comme un ogre. Tu es en cloque ?

Vraiment trop nul. J'ai eu honte pour lui et, pour qu'il ne voie pas les larmes de colère qui me montaient aux yeux, j'ai baissé le regard vers mon assiette et j'ai enfoncé ma fourchette dans la cuisse de poulet que je venais de me servir. Mais c'était fini ; mon bonheur était brisé comme un vase qui se fracasse en mille morceaux sur le sol. Une boule énorme grossissait dans ma gorge et je n'aurais plus rien pu avaler sans le recracher aussitôt. Je n'étais pas une pute, nom de Dieu ! J'étais sa fille !

La boule d'angoisse a éclaté soudain et je n'ai pas pu me retenir :

– Un con, t'es qu'un sale con ! Je t'emmerde !

Je n'avais pas réussi à suivre le conseil de ma mère ! Jamais encore je n'avais répondu à mon père de la sorte et ça a eu un effet immédiat : il s'est levé en renversant sa chaise et m'a lancé son verre de bière à la tête. J'ai pu l'éviter ; la chope a explosé par terre. Il a poussé un hurlement, a contourné la table et m'a chargée, comme un sanglier en furie. Je me suis montrée plus rapide, je me suis réfugiée derrière ma mère. La folie habitait les yeux du barbare et je savais que, cette fois, il me battrait si je n'arrivais pas à m'enfuir. Ma mère s'est levée pour faire barrage. Il a crié :

– Laisse-moi passer ou je te cogne ! Ma fille, me parler sur ce ton, c'est inexcusable !

Il a levé sa grosse patte velue et il allait l'abattre sur la figure de ma mère quand elle a hurlé :

– Quelle fille, Fernand ? Rappelle-toi que tu n'en es pas le père !

La phrase a explosé dans la pièce comme un coup de canon que Barbe-bleue a pris en pleine poire. Son visage s'est décomposé. La bête a alors pris l'allure d'un chien apeuré et a murmuré de façon plaintive :

– Tu m'avais promis que jamais elle ne saurait...

Il s'est repris et, en incendiant ma mère d'un regard haineux, il a lancé :

– Au moins, comme ça, elle sait que toi aussi tu es une pute !

Pour conclure, il a donné un coup de pied dans la table avant de quitter la pièce en claquant la porte.

10

« Bonjour, madame Delforge ! Belle journée, n'est-ce pas ? » La phrase m'est parvenue comme dans un rêve, presque irréelle ; elle provenait du dehors, c'était la voix de notre voisine de droite. Elle nous a sorties du silence comateux où nous étions plongées, ma mère et moi. C'est elle qui nous a ramenées à la réalité. Pendant combien de temps étions-nous restées là, plantées devant le repas dévasté par notre dispute ? Nous avions entendu Barbe-bleue prendre sa veste au portemanteau et sortir ; par la fenêtre ouverte de la cuisine, nous avions entendu la voiture démarrer, un chien aboyer, un poids-lourd passer, un merle siffler, mais nous n'avions pas fait un geste avant que la voix de notre voisine nous sorte de notre ébahissement.

Ma mère s'est écroulée sur sa chaise et elle a fondu en larmes. Pendant de longues minutes, j'ai écouté ses sanglots sans pouvoir réagir. J'ai eu le sentiment qu'elle n'avait jamais cessé et qu'elle ne cesserait plus jamais de pleurer. Ma mère était une malheureuse qui se révélait enfin au grand jour. J'observais la scène comme si elle ne me concernait pas et, pourtant, ce qu'avait hurlé cette pauvre femme assommée de douleur venait de changer ma vie. Barbe-bleue n'était pas mon père… Voici donc le secret qui écrasait la famille où je vivais depuis plus de quinze ans ! Qui était l'homme qui m'avait donné le jour ? J'étais abasourdie.

Ce que je croyais impossible s'est finalement produit : ma mère a calmé son chagrin ; elle a redressé la tête, m'a regardée et a prononcé ce petit mot :

– Pardon.

Elle s'est mise à parler, les yeux perdus dans le vide et elle m'a dévoilé son secret. Elle parlait vite, se libérant, s'enivrant des phrases qui sortaient de sa bouche, hachées, fiévreuses, écornées de douleur. C'était pathétique et sordide ; je découvrais ma mère sous un jour nouveau.

Elle avait rencontré Barbe-bleue à dix-neuf ans et il l'avait rapidement séduite.

– Il semblait si sûr de lui, si fort. J'étais une cruche ; la vie me fichait la trouille. Lui paraissait pouvoir trouver une solution à tous les problèmes. Nous nous sommes installés ensemble, au désespoir de mes parents.

Pourtant, il s'était vite révélé moins beau qu'elle ne l'imaginait ; il était déjà violent, injuste, s'imposant par la force, peu respectueux, malgré les mots d'amour qu'il lui déblatérait. Au bout de six mois, elle s'était révoltée, avait dit qu'elle ne voulait plus de lui et, ce jour-là, pour la première fois, il l'avait frappée. Le lendemain, il avait imploré son pardon, l'avait assurée que ça ne se reproduirait plus. Elle ne l'avait pas cru et avait fui.

– Pendant dix jours, j'ai vécu comme une égarée. La nuit, je rêvais qu'il me retrouvait et qu'il me tuait. J'ai zoné, Mélanie ; je n'osais ni retourner chez mes parents, ni chez lui. J'ai logé chez des copines ; après une soirée un peu trop arrosée, je me suis laissée aller dans les bras d'un garçon. Je n'en pouvais plus, tu dois comprendre.

Ils avaient fait l'amour, à deux reprises, sans prendre de précautions. Le lendemain matin, le gars n'était plus là.

– Je ne connaissais même pas son prénom. Le copain du copain d'une copine... J'ai rejoint la maison où Fernand désespérait de me voir revenir.

Barbe-bleue lui avait promis de se calmer ; il avait vraiment craint qu'elle le quittât. Pendant plusieurs semaines, il avait fait de réels efforts. Quand elle avait remarqué qu'elle était enceinte, elle avait eu très peur. Et si...

En apprenant la nouvelle, Barbe-bleue lui avait fait la fête ! Il voulait un garçon, mais il se contenterait de la fille que les médecins leur annonçaient.

– Tu es née, Mélanie. Quand je t'ai vue pour la première fois, j'ai su que tu n'étais pas de lui. Ces cheveux si blonds, ce teint pâle...

Barbe-bleue a trouvé que je ne ressemblais à personne ; il a même demandé à l'infirmière si elle ne s'était pas trompée de gosse. Mais il était heureux et il n'a pas cherché plus loin.

Le drame a éclaté plus tard. Je venais d'avoir trois ans. Ils avaient tout essayé pour avoir un deuxième enfant, le garçon tant désiré par mon faux père.

– Il est allé consulter un spécialiste sans

m'en parler, a fait analyser son sperme. Le médecin a rendu un verdict sans appel; si nous ne pouvions pas avoir d'enfant, il en était la cause: il n'était pas fertile et ne pouvait pas l'avoir été.

Ma mère s'est remise à pleurer et n'a pas pu poursuivre son histoire. Elle a réussi à se reprendre et m'a raconté, avec une voix brisée, comment leur vie de couple s'est transformée en enfer. Barbe-bleue avait hurlé; épuisée par ses cris et par le secret qu'elle portait seule depuis trop longtemps, elle avait fini par avouer son aventure.

Il avait trop d'orgueil pour déclarer à ses amis qu'il ne pouvait pas avoir d'enfant, que sa femme l'avait trompé et que sa fille n'était pas de lui. À coups de poing, il a fait promettre à ma mère de garder le secret, de ne jamais chercher à retrouver mon vrai père. Il a menacé de me tuer si, un jour, elle parlait.

– J'ai eu peur; il ne m'avait plus frappée

depuis des années ; j'avais honte de moi, honte de lui. Pour toi, pour que tu aies un père, j'ai cédé. Il était malheureux et il a tenté de t'aimer malgré la révolte qu'il ne pouvait pas contenir. Il a voulu te considérer comme son enfant, je puis te l'assurer ! Nous aurions dû te dévoiler la vérité, cesser de vivre avec le poids du secret qui a miné notre existence. Quand il a perdu son boulot, le vase a débordé. Je crois que s'il se comporte ainsi, c'est parce qu'il a le sentiment d'avoir raté sa vie. Je te demande pardon, Mélanie, je te demande pardon.

Elle s'est tue, a laissé tomber la tête dans ses bras.

Qu'aurais-je pu lui dire ? Tout mon univers s'effondrait et j'observais le désastre avec effroi. Comment envisager la vie après ça ? Pendant plus de quinze ans, j'avais vécu avec des menteurs. Les minutes passaient dans un silence lourd qui m'absorbait tout entière. Une rage meurtrière naissait en moi. C'est à ma mère que j'en voulais le plus. Peut-être parce qu'elle m'avait dissimulé l'essentiel : mon père n'était pas ce Barbe-bleue qui me dégoûtait depuis des années, mon père n'était pas ce type qui me faisait tellement horreur, mon père pouvait être un gars bien. Pourquoi m'avait-elle privée de ce cadeau ?

– Je te déteste ! Tu n'avais pas le droit de me tromper.

Elle a baissé la tête, vaincue, s'est remise à sangloter doucement.

Je n'en pouvais plus. J'ai enfilé ma veste et je suis sortie, laissant ma mère se noyer dans ses larmes. J'avais besoin de faire le point, de respirer, de vivre loin de cette famille qui ne ressemblait à rien.

Pendant près d'une heure, j'ai marché sans but dans les rues, me dirigeant sans m'en rendre compte vers le parc que Xavier et moi avions élu comme lieu où déposer nos rêves. Il devait être quelque part au centre-ville, avec sa mère, occupé à s'acheter des fringues, loin d'imaginer l'éruption d'horreur qui avait secoué mon cœur. Un instant, j'ai songé à l'appeler sur son portable, à lui demander de l'aide, mais qu'aurait-il pu dire que je ne savais déjà ? Ni Xavier, ni Robert Littré ne pouvaient répondre à mes questions ; tout au plus pouvaient-ils me tenir la main pendant que je cherchais à retrouver le cap.

Le chant des oiseaux, le printemps chaud et rond m'ont redonné un petit peu de courage. Je me suis assise sur un banc et j'ai fini par me calmer en observant les cercles tranquilles qu'un couple de cygnes dessinait sur la surface d'un étang paisible. Ma colère contre ma mère s'est légèrement apaisée ; certes, elle m'avait menti, mais ne venait-elle pas de m'offrir un superbe cadeau ? Même si je ne saurais sans doute jamais qui était mon père, je savais au moins que ce n'était pas Barbe-bleue et j'étais immensément heureuse de n'avoir aucun de ses gènes dans le corps. Pourtant, je devais reconnaître la vérité : il s'était occupé de moi pendant toute mon enfance, j'avais même vécu avec lui des moments agréables et ma mère avait raison : il s'était transformé vraiment quand il avait perdu son boulot. Et sans doute aussi ses derniers rêves !

Je me suis levée et j'ai rejoint la maison en tentant de ne plus songer à rien. J'avais décidé qu'avec ma mère, le débat était clos. Ne m'avait-elle pas tout dit ? Elle avait couché avec un mec dont elle se souvenait à peine le lendemain matin et c'était ça toute l'aventure d'amour de ma venue au monde. Il n'y avait ni à en être fière, ni de quoi écrire un roman. Mieux valait donc tourner la page, penser à mon présent.

Quand je suis rentrée, ma mère était toujours assise à la même place, recroquevillée sur une chaise, un mouchoir humide serré dans une main, les yeux perdus dans le vide. J'ai eu pitié d'elle ; je me suis rapprochée et je l'ai embrassée sur la joue. Son regard s'est animé, ses lèvres ont tremblé.

– Ne dis rien, maman. C'est fini. Je sais tout maintenant et c'est bien ainsi. Ne dis rien.

J'ai passé la main dans ses cheveux décoiffés, j'ai souri. Elle a murmuré :

– Tu me pardonnes, Mélanie, tu me pardonnes ?

J'ai acquiescé, sans cependant pouvoir dire oui. Je suis allée prendre une bouteille de lait dans le frigo pour qu'elle ne voie pas les larmes qui me montaient aux yeux.

Cette femme avait été une victime pendant plus de quinze ans, elle s'était laissée détruire par cet homme pour m'offrir un père. J'ai songé à la vie que chante tant Robert Littré : pourquoi permettait-elle des vilenies pareilles, de tels dénis d'humanité ?

Je me suis promis de lui en toucher un mot la prochaine fois que je le verrais. La vie disait-elle « bonjour » à Barbe-bleue avec la même tendresse que lorsqu'elle s'adressait à ma mère ou à moi ? Ou à ce géniteur inconnu qui m'avait lancé sur Terre sans même être au courant ?

Ma mère a enfin bougé. Elle s'est levée, a tourné les yeux vers moi, a souri à nouveau et, sur le ton de la confidence, m'a déclaré :

– Il faut vraiment que je prenne une douche, que je m'arrange un peu. S'il rentre, s'il te plaît, ne le provoque pas.

Je lui ai répondu de ne pas s'en faire. Je n'avais plus rien à dire à ce type ; désormais, je l'ignorerais et il apprendrait à en faire autant. Il n'était pas mon père ; il n'avait aucun droit sur moi.

– N'oublie pas que, malgré tous ses défauts, il s'est occupé de toi, Mélanie, m'a murmuré ma mère après un gros soupir.

Sans lui, tu n'aurais pas eu de père.

– Ça aurait peut-être mieux valu, ai-je rétorqué avant de rejoindre ma chambre.

Le soir, après une après-midi comateuse passée à m'abrutir devant la télé, j'ai reçu un appel de Xavier. Il m'a demandé si j'allais bien et j'ai répondu oui parce que je ne voulais pas lui apprendre les dernières nouvelles par téléphone. Le dimanche, il partait dans la famille de sa mère, à l'autre bout du département. Nous ne pourrions donc pas nous voir. Il m'a fixé rendez-vous le lundi, à la sortie du collège.

– Ton vieux ne va pas faire un nouveau scandale ? m'a-t-il demandé.

– Quel vieux ? ai-je répondu.

Il a ri sans comprendre.

À vingt-deux heures, Barbe-bleue n'était toujours pas rentré. Ma mère est venue frapper à la porte de ma chambre. Elle était inquiète. Je lui ai fait signe de s'asseoir sur mon lit ; ça faisait un bail que je n'avais plus connu une telle intimité avec elle. Quand Barbe-bleue était dans les parages, je faisais tout pour les éviter l'un et l'autre.

– Tu crois qu'il va revenir ?

Je lui ai répondu que je m'en fichais et que j'espérais même ne jamais le revoir. Ma mère a soupiré et j'ai compris qu'elle n'était pas loin de désirer la même chose. Elle est restée sur mon lit, les mains croisées sur les genoux pendant que je feuilletais un magazine. Pendant plus de dix minutes, nous n'avons pas échangé un mot.

La porte de rue a claqué. Ma mère a sursauté, a instantanément retrouvé son regard de bête traquée. Nous avons tendu l'oreille. Barbe-bleue s'est laissé tomber dans un des fauteuils du salon et a roté bruyamment.

– Il a dû boire... a murmuré ma mère.

J'ai ouvert la porte de ma chambre et, sur la pointe des pieds, je suis allée jeter un coup d'œil dans le salon : celui qui n'était pas mon père s'était répandu dans le canapé et ronflait. Il devait être bourré. Ma mère et moi n'avions rien à craindre pendant un bon moment.

11

Le dimanche matin, quand je me suis levée, il était encore là, pionçant ferme dans les coussins chamboulés du canapé. Je ne l'avais jamais vu dans cet état ; de coutume, lorsqu'il buvait, il réussissait toujours à rejoindre sa chambre. Il avait dû téter de nombreux goulots. Ma mère était dans la salle à manger et, quand j'y suis entrée, elle a tenté un timide bonjour. Je lui ai répondu avec un sourire. Je n'en revenais pas ; allions-nous enfin avoir des relations plus humaines, elle et moi ?

Vers dix heures, l'ogre a poussé un grognement et a ouvert un œil. J'étais avec ma mère dans la cuisine et j'ai perçu son inquiétude lorsqu'elle a compris qu'il se réveillait. Un frisson m'a parcouru le dos ; je me suis demandé ce qui allait encore se passer. Barbe-bleue s'est levé en gémissant et s'est dirigé à pas lourds vers la pièce où nous nous trouvions. Il est entré, n'a pas eu un regard pour nous, a ouvert le frigo, s'est servi un grand verre de lait et est retourné s'asseoir dans le salon.

Il ne nous a pas adressé la parole avant la fin du déjeuner. Un repas en silence comme j'en avais pris l'habitude. À part les bruits de mastication produits par chacun, rien. Au dessert, il a enfin pris la parole. Il s'est tourné vers moi et, en me regardant dans les yeux, il a dit :

– Tu n'es plus ma fille. Je n'ai plus rien à te dire. Tu n'existes pas.

Je n'ai pas répondu, j'ai baissé les yeux ; j'ai plongé ma cuillère dans la mousse au chocolat que ma mère nous avait servie et j'ai continué à manger comme si de rien n'était. Il n'a pas bronché. Avant, il aurait hurlé que je lui manquais de respect, mais, si je n'existais pas, il n'avait pas à réagir. Je me sentais dure comme un roc. Je criais merde à ce connard, mais j'avais mal. J'ai pensé à Robert Littré, à l'amour du prochain dont il parlait avec tellement d'émotion; aurait-il pu concevoir qu'on dise à quelqu'un qu'il n'existe pas ? Aurait-il pu admettre une pareille négation de l'autre ?

Ma mère a toussoté. J'ai levé les yeux vers elle et j'ai remarqué deux grosses larmes sur ses joues. Une effroyable détresse se lisait sur son visage. Le château de mensonges dans lequel nous avions vécu pendant plus de quinze ans s'était effondré et elle n'avait visiblement plus rien à quoi se raccrocher. Barbe-bleue aussi a vu le chagrin qui la submergeait.

– Et je n'ai pas besoin des chutes du Niagara ! Autrement, je quitte cette baraque pourrie pour toujours !

J'étais persuadée qu'il n'aurait jamais assez de couilles pour poser un tel geste.

Il s'est levé, a allumé la télé et a zappé jusqu'au moment où il est tombé sur un match de tennis : la championne belge Justine Henin se bagarrait avec une joueuse russe. Nous ne l'entendrions plus jusqu'à la fin des échanges de balles. J'ai aidé ma mère à débarrasser la table et à faire la vaisselle. Pendant que j'essuyais un plat, elle a murmuré :

– Mon dieu, mon dieu, qu'allons-nous devenir ?

Pour ma part, j'estimais qu'au moins, maintenant, les choses étaient claires. Je préférais connaître la vérité. Plus les heures passaient, plus j'étais soulagée de savoir que cet homme n'était pas mon père. Depuis le début de mon adolescence, je me demandais avec horreur comment Barbe-bleue pouvait être l'auteur de mes jours et je me racontais des histoires : on avait mélangé les bébés à la maternité, j'étais une enfant adoptée, ma mère l'avait trompé... La dernière hypothèse était la bonne et, pourtant, c'était celle que je pensais la moins probable : comment une chiffe molle comme ma mère aurait-elle eu l'audace de vivre une aventure ? La vérité était pathétique, pénible, presque ridicule : se faire engrosser du premier coup par un inconnu, c'était franchement nase et ça correspondait bien à la malchance qui avait marqué toute son existence. Pauvre maman ! Quand avait-elle vraiment été heureuse ? Profiterait-elle un jour de la vie ?

Après la vaisselle, j'ai filé. Je ne pouvais plus supporter l'atmosphère lourde qui pesait sur la maison. Pourquoi fallait-il justement que Xavier soit parti en week-end ? J'aurais tant voulu le rejoindre, tant désiré me consoler contre son épaule amoureuse. Je lui ai envoyé un texto « Je t'aime » et, quelques secondes après, mon portable m'annonçait sa réponse « Moi aussi ». Finalement, la vie fait bien les choses.

J'ai eu envie de parler à Robert Littré, pour partager avec lui ce que je vivais. J'ai composé son numéro.

J'ai tout de suite reconnu sa voix.

– Tu as décidément de la chance. Le dimanche, je suis souvent loin d'ici.

Je me suis dit que c'était un signe et j'ai demandé si nous pouvions nous rencontrer. Il m'a répondu qu'il s'apprêtait à sortir et je me suis étonnée en m'entendant lui affirmer que c'était très important, qu'autrement, je ne me permettrais pas d'insister.

– J'ai un rendez-vous avec un ami dans le centre-ville. Nous pouvons nous voir là. Attends-moi devant l'église Sainte-Hélène. Tu la situes ?

Je l'ai remercié. Après avoir raccroché, je me suis demandé s'il ne regrettait pas de m'avoir passé son numéro de portable, s'il ne me prenait pas pour une colle, si j'avais le droit de l'importuner ainsi. Après tout, ce n'est pas tous les jours qu'on apprend que celui qu'on a toujours pris pour son père ne l'est pas. Ce n'est pas tous les jours qu'on est plongée dans un tel cauchemar.

J'ai pris le bus pour rejoindre le quartier Sainte-Hélène, un coin huppé du centre que je fréquentais peu. Il y avait un banc sur la place, devant l'église ; je m'y suis assise pour attendre mon psy préféré et j'ai observé les passants. Même si on était dimanche, les gens semblaient pressés de se rendre je ne sais où ; l'air préoccupé, parfois même avec une barre de soucis dessinée sur le front, ils avançaient la tête baissée, à petits pas rapides. Deux couples d'amoureux ont heureusement fleuri ce paysage gris ; ils marchaient, collés l'un à l'autre et s'échangeaient des baisers mouillés. J'ai songé aux moineaux du parc qui pépiaient avec une joyeuse rage et à Xavier qui avait picoré dans mon cou tout le bonheur que ma peau chantait de se trouver contre la sienne.

En fin de compte, même ce crétosaure de Julien et ses agaceries stupides étaient bien loin de mes préoccupations. Que d'aventures en quelques jours ! J'ai fermé les yeux pour me rappeler la première rencontre avce Xavier, notre première conversation dans le bus, notre premier rendez-vous. Il avait suffi d'un rien pour que ma vie bascule dans un nouveau monde que je n'avais jamais imaginé. J'avais l'impression que tout ça avait été déclenché par la conférence au collège. Parce que cet homme m'avait émue. Parce que ses phrases avaient réveillé en moi ce que j'y enterrais. Parce qu'avant de l'entendre me le dire, je ne me croyais pas digne de mériter de l'attention, pas même de recevoir un bonjour.

– Mélanie...

Je me suis retournée ; il était debout, derrière le banc, vêtu d'un veston de velours beige, d'un pantalon de la même couleur et d'un pull marron à col roulé. De prime abord, personne n'aurait deviné qu'il était *ze* psychologue en chef d'une institution réputée. Pendant quelques secondes, je me suis laissée aller à délirer : en nous voyant, les passants pourraient imaginer la rencontre d'une fille avec son père... Je me suis levée et nous nous sommes tendu la main. Quand sa paume a touché la mienne, quand j'ai senti combien il était attentif à moi, j'ai craqué. Les yeux envahis de larmes, j'ai baragouiné :

– Je n'ai plus de père, je n'ai jamais eu de père.

Robert Littré m'a proposé d'aller nous asseoir à une terrasse ombragée à l'autre bout de la place ; sa voix était douce, tranquille et elle m'a calmée. J'ai reniflé ma tristesse et je l'ai suivi.

Alors que nous traversions la place, j'ai reconnu Baratinto, ma prof de sciences. Un cabas à la main, elle avançait vers nous. Quand elle nous a remarqués, elle a eu un léger sursaut et elle n'a pas pu dissimuler sa surprise. Le digne et réputé conférencier se promenait un dimanche après-midi avec l'insupportable Mélanie ! Ses yeux qui me fusillaient m'ont amusée et, lorsqu'elle est arrivée à notre hauteur, je l'ai saluée avec un sourire.

– Bonjour ! m'a-t-elle sèchement répondu. Bonjour, monsieur, a-t-elle ajouté quand elle nous avait déjà dépassés.

– Bonjour, bonjour ! a répondu Robert Littré de sa voix posée et, ensuite, il m'a demandé qui elle était.

– Ma prof de sciences, elle me déteste, elle était à votre conférence.

Robert Littré a murmuré qu'en effet, il se souvenait vaguement d'elle, mais il n'a émis aucun commentaire. Moi, je voyais déjà la mère Baratinto en train de se poser mille questions sur mon cas. À moins qu'elle songeât que le psy allait me ramener sur le droit chemin.

Nous avons pris place à une table située en dessous d'un immense platane et la fraîcheur qui y régnait m'a fait frissonner. Après la petite distraction offerte par la rencontre avec Baratinto, toute ma détresse a rejailli. J'ai répété tout bas « Je n'ai plus de père » et la phrase m'a parue ridicule. Je me suis abandonnée aux yeux verts et attentifs de Robert Littré et j'ai déballé toute mon histoire : la dispute entre mes parents, les révélations de ma mère, la fuite de Barbebleue et la phrase ultime qu'il m'avait servie au déjeuner : « Tu n'existes pas. » Le psy m'a écoutée sans m'interrompre.

– Pourquoi la vie permet-elle des horreurs pareilles ? Pourquoi ?

Ma question a vibré dans l'air frais.

– Parce que la lumière ne peut t'atteindre si tu te caches d'elle. Parce que, si tu ne l'invites pas chez toi, elle ne peut pas y venir.

La vie ne s'impose jamais, Mélanie, elle se propose et les hommes en disposent.

C'était un peu abstrait pour moi, mais j'ai compris que la vie n'avait pas le pouvoir de transformer Barbe-bleue en Capitaine Igloo.

– La vie a besoin de l'homme pour être belle, c'est ça que vous voulez dire ?

Robert Littré m'a répondu que ma phrase était très juste.

– Mais elle ne me rendra pas mon père, mon vrai père, celui dont ma mère ne se souvient même plus !

Il a soupiré, a reconnu que c'était vrai, a ajouté que le passé appartenait au passé, qu'on ne pouvait pas le corriger et que la meilleure manière de m'en sortir était de construire mon présent et de le rendre le plus beau possible.

– Ne viens-tu pas de faire une merveilleuse rencontre ?

Il avait raison, Xavier était un superbe

cadeau. S'il n'était pas apparu alors que tous les murs qui m'entouraient s'écroulaient, à qui me serais-je agrippée pour ne pas tomber à mon tour ? Mais il n'y avait pas que lui ; l'homme qui était assis en face de moi m'apportait tellement de force. J'aurais cru qu'on se payait ma tête si, quelques semaines plus tôt, l'on m'avait affirmé qu'un psychologue m'aiderait à y voir plus clair, qu'un quinquagénaire me tiendrait la main pendant un passage difficile. Je me suis rendu compte combien, pendant des années, mon humour grinçant, mes ricanements et ma froideur m'avaient coupée de mon ressenti, de toute émotion. J'étais devenue comme Barbe-bleue, enfermée dans mes certitudes et fuyant tout ce qui aurait pu les mettre en danger.

J'ai plongé la tête dans mes mains ; j'avais l'impression qu'un concert de timbales y résonnait. Subitement j'avais envie de dormir. Pour oublier. Pour faire le point dans le silence. Pour mettre de l'ordre dans la cacophonie de sentiments qui me submergeaient.

J'ai entendu des pas qui se dirigeaient vers nous et qui se sont arrêtés devant notre table. Une voix chantante :

– Mon cher ami, te voilà en bien charmante compagnie !

J'ai levé les yeux et j'ai découvert un homme d'une soixantaine d'années, mince, assez séduisant et, pour tout dire, carrément craquant ! Des cheveux blancs bien peignés abondaient sur son crâne, son visage était fin, son regard clair et habité, sa bonne humeur contagieuse. L'ami avec qui Robert Littré avait rendez-vous, sans doute.

– Florent, je te présente Mélanie. Mélanie, mon ami Florent.

J'ai serré la main de cet homme qui me semblait immensément vivant et joyeux. Quand sa main a touché la mienne, je ne sais pas vraiment dire ce que j'ai ressenti.

– Je ne vous dérange pas, au moins ? Je ne voudrais pas m'imposer.

Robert Littré a fait part à son ami de mon coup de téléphone et du besoin urgent que j'avais de lui parler. Son ami a ajouté qu'il pouvait s'éloigner si je le désirais, mais je me suis empressée de dire que ce ne serait pas nécessaire, que je me sentais mieux, que j'allais les quitter.

– Laissez-moi au moins vous offrir un verre, mademoiselle. Ça ne se refuse pas.

12

Je leur ai dit au revoir un quart d'heure plus tard, baignée de gentillesse et d'attentions. Florent était philosophe ; Robert Littré et lui se fréquentaient depuis plus de trente ans pour débattre de la vie et de ses secrets. « Pour rire aussi ! Pour cultiver la joie ! » avait ajouté Florent. Dire qu'avant de rencontrer Robert Littré, je croyais que les psys étaient plus dingues que leurs patients ! Ma réflexion les a amusés.

– Tous les psychologues ne ressemblent pas à Robert ! a lancé Florent. Tous n'ont pas sa délicatesse et sa disponibilité !

J'ai quitté l'ombre du grand platane, j'ai rejoint le soleil de la place de l'église et je suis rentrée chez moi à pied, profitant de la douceur du mois de mai. J'ai songé à Baratinto, à son regard étonné, aux réflexions qu'elle avait dû se faire en me voyant avec le psy. Qu'importait ! La vie n'était-elle pas une surprise permanente ? Le pire était de s'enfermer dans des idées toutes faites ; pendant longtemps, je m'étais crue prisonnière de Barbe-bleue, de ma mère, du malheur. Il avait suffi d'une dispute pour faire exploser la bulle où j'étouffais : Barbe-bleue n'était pas mon père, c'était une bonne nouvelle ! Mon père était un héros, un type bien, un aventurier au grand cœur. Ou un pauvre type dont je n'entendrais jamais parler. Et si ma mère savait qui il était, je pourrais peut-être le retrouver ? Pour lui raconter quoi ? Qu'il aurait pu se soucier de moi ? J'ai haussé les épaules ; si ma mère avait dit vrai, cet homme ne savait même pas que j'étais née.

Robert Littré avait raison ; plutôt que de m'acharner sur un passé que je ne maîtriserais jamais, mieux valait me consacrer à me construire un présent heureux. Je me suis assise sur un banc à quelques rues de la mienne et j'ai composé le numéro de portable de Xavier. Ça m'a fait chaud au cœur de l'entendre.

– C'est moi.

Je n'ai pas eu besoin de dire plus pour qu'il me reconnaisse et ce détail m'a semblé merveilleux. Il me suffisait de déclarer « C'est moi » pour exister aux yeux de quelqu'un.

– Mélanie ! Je suis tellement heureux que tu m'appelles.

Ça sonnait vrai ; la joie habitait ses mots et courait jusque dans mon oreille. Je lui ai demandé s'il était seul, si je pouvais lui parler et, dès qu'il m'a dit oui, je n'ai plus été capable de me retenir. Il fallait que je lui raconte tout, Barbe-bleue qui n'était pas mon père, ma mère qui avait pris ma défense, Robert Littré et ses phrases encourageantes. J'ai causé pendant plus de dix minutes sans m'interrompre ; quand je me suis enfin tue, Xavier a poussé un juron et m'a demandé si je voulais qu'il rentre tout de suite.

– Mais tu es en famille à plus de cent kilomètres d'ici !

– Les trains existent. Je vais demander à ma mère de me conduire à la gare. Dans deux heures, je serai là.

Ça signifiait beaucoup ; il faudrait qu'il s'explique, qu'il dise pourquoi il voulait rentrer si tôt, qu'il avoue ma présence dans sa vie. Sa mère pouvait refuser, lui faire une scène, le dissuader de venir me retrouver. Quand j'ai raccroché, je ne croyais sincèrement pas le voir arriver dans l'après-midi.

À seize heures trente-trois, mon portable a sonné. J'étais rentrée chez moi et j'achevais une préparation d'anglais. Quand j'ai reconnu le numéro de Xavier sur mon écran, je n'ai pu retenir un cri de joie.

– Je suis à la gare. On se retrouve au parc dans vingt minutes ?

Je me suis sentie envahie d'un flot de bonheur, j'ai dit :

– Merci, Xavier, merci. J'arrive.

J'ai dévalé l'escalier, me suis arrêtée quelques secondes dans le hall pour enfiler ma veste et je suis sortie. Ma mère nettoyait le jardinet devant la maison ; elle a levé les yeux vers moi, a deviné la joie qui rayonnait de ma personne et a esquissé un sourire. Il y avait tellement de peine dans son regard que j'ai eu un peu honte de me sentir aussi heureuse.

– Ne rentre pas trop tard, a-t-elle murmuré.

Je lui ai répondu de ne pas s'inquiéter et j'ai filé sans ajouter un mot.

L'autre n'avait rien dit ; il n'avait même pas tourné la tête quand j'étais passée en trombe dans le salon. Il se tenait à ce qu'il avait annoncé : je n'existais plus dans sa vie. Pendant combien de temps jouerait-il à ce jeu ? Pendant combien de jours supporterait-il que quelqu'un qui n'existait plus vive dans la même maison que lui ?

« Bonjour, Xavier, bonjour, mon amour ! » Les mots chantaient dans ma tête tandis que je courais vers lui. « Bonjour, bon jour ! » Je m'amusais à retrouver les intonations employées par Robert Littré lors de sa conférence et commençais à ressentir combien ses phrases étaient justes : on n'accueille vraiment l'autre que lorsqu'on devient capable de s'accueillir soi. En même temps, penser à Xavier avec amour me rendait à moi-même, à ce que j'avais de beau en moi. Ça semblait tellement simple et, pendant des années, j'avais vécu à côté, inconsciente du pouvoir d'un mot, de la puissance du regard qu'on porte sur le monde.

Xavier était appuyé contre un marronnier, à l'entrée du parc. Dès qu'il m'a vue, son visage s'est éclairé et il m'a ouvert les bras. J'ai couru vers lui et je me suis sentie vraiment complète lorsque ma tête s'est déposée contre son épaule. Mon corps contre le sien, ses mains caressant mes cheveux, ses lèvres humides sur les miennes ont fait surgir toutes les émotions que j'avais vécues depuis la veille et j'ai frémi. Xavier m'a enlacée sans rien dire et ça m'a fait du bien. J'ai réussi à me calmer et, lorsque j'ai dressé le visage vers lui, il l'a pris entre ses mains et a murmuré :

– Toi, tu avais drôlement besoin de me voir.

Je l'ai regardé amoureusement et me suis demandée ce que je serais devenue si j'avais vécu cette expérience sans quelqu'un qui puisse me serrer dans ses bras. Je me serais renfrognée, je me serais glacialement recroquevillée sur ma peine en refusant surtout qu'on la remarque, je me serais perdue une nouvelle fois dans le déni et dans le désespoir.

Était-ce parce que je l'avais croisée quelques heures plus tôt ? J'ai soudain songé à Baratinto, ma prof de sciences, pour qui chaque occasion était bonne pour me chercher noise. Quand on est heureux, on a mieux à faire que d'agresser les autres : m'en voulait-elle tellement parce que son existence était glauque ? Xavier m'a secoué le bras, m'a demandé sur quelle planète je voyageais. Je lui ai résumé le fruit de mes réflexions.

– Je crois que tu as raison. J'imagine que ton faux père doit aussi être très malheureux pour agir comme il le fait.

Une bouffée de chaleur m'est montée au visage et j'ai serré les mâchoires. Barbebleue n'était qu'un salaud qui m'avait fait souffrir. Point à la ligne, sans commentaire. J'ai répondu un peu sèchement à Xavier qu'il n'y avait pas à revenir là-dessus. Avec une fermeté douce que je ne lui connaissais pas, il m'a fait comprendre qu'il ne partageait pas mon avis et que je devais être conséquente avec moi-même.

– Ce qui est valable pour ta prof peut l'être pour le mari de ta mère.

J'ai lâché sa main et j'ai fait quelques pas, je ne lui accordais pas le droit de défendre Barbe-bleue. Il m'a laissée bouder pendant une bonne minute, marchant à côté de moi en silence. Je m'en voulais, je m'en voulais d'être aussi nulle ! Je savais qu'il avait raison, mais pas question de l'admettre. Barbe-bleue était pourri parce que sa vie lui déplaisait, Barbe-bleue était imbuvable parce qu'il se détestait : d'accord, mais c'était son problème et je n'en avais rien à cirer. Ce qui me préoccupait moi, c'était tout le malheur que cet homme faisait autour de lui, à ses proches surtout, à ma mère et à moi en particulier. J'ai tourné le visage vers Xavier ; nous n'allions quand même pas vivre notre première dispute à cause de Barbe-bleue ! Il a délicatement posé la main sur mon épaule. Sa tendresse m'a vaincue ; je me suis abandonnée, ai murmuré plus pour moi que pour lui :

– Sans doute qu'il est malheureux, sans doute, mais il ne m'aime pas.

Une phrase de Robert Littré a immédiatement surgi dans ma mémoire : « Aimez vos ennemis, aimez ceux qui ne vous aiment pas et vous grandirez en sagesse et en joie. » Putain ! Les bonnes paroles me poursuivaient ! Sans le savoir, Xavier en a rajouté une couche :

– Ce n'est pas parce que quelqu'un est moche avec toi que tu dois te montrer moche avec lui. Ça ne résout pas ton problème et ça rajoute du négatif.

Je me suis arrêtée, ai saisi ses mains dans les miennes et j'ai déclaré :

– Oui, mon père, je vous comprends.

Le regard bouffi qu'il m'a lancé était franchement trop 'gnon : j'ai éclaté de rire et lui ai dit qu'il ne récoltait que ce qu'il méritait.

– Tu as peut-être raison, mais, pour l'instant, j'ai trop de pression et tes phrases résonnent comme des paroles de curé ; avec Robert Littré et toi, la bonté a envahi ma vie en quelques jours. Je n'assume plus, Xavier. Laisse-moi prendre un peu de recul !

Nous sommes allés nous asseoir sur un banc, en face de l'étang aux canards et aux cygnes. J'ai laissé glisser ma tête contre son épaule et j'ai tenté de ne plus penser à rien. Des images, des phrases, des souvenirs défilaient dans mon esprit sans que je puisse les maîtriser. Je me suis concentrée sur la surface calme de l'étang et sur l'évolution paisible d'un couple de cygnes. Je me suis lentement apaisée ; les mots se sont faits plus discrets, moins pressants. Seul le visage de Barbe-bleue revenait sans cesse comme un problème empoisonné à résoudre avant de pouvoir trouver la quiétude. Pourquoi cet homme m'avait-il accepté comme sa fille ? Pour avoir une enfant ? Par crainte que ma mère le quitte s'il ne m'accueillait pas ? Parce qu'il avait honte de son impuissance ?

Il fallait que je bannisse le visage honni de ma tête. Après quelques secondes, j'ai poussé un soupir : Barbe-bleue demeurait omniprésent et semblait même se moquer de mes efforts. J'ai grogné :

– J'en ai marre. Même si je n'existe plus pour lui, il existe toujours pour moi.

Xavier m'a caressé les cheveux, s'est penché vers mes lèvres pour y déposer un bisou et a murmuré :

– Plus tu as envie qu'il disparaisse, plus tu lui donnes de l'importance. Pose les yeux ailleurs et il te préoccupera moins.

J'ai acquiescé d'un air peu convaincu.

Un bruit a détourné mon attention vers le chemin. Quatre garçons avançaient vers nous et il ne m'a fallu qu'une seconde pour reconnaître ce crétosaure de Julien et ses potes. Quand ils m'ont vue dans les bras de Xavier, ils se sont mis à siffler et leurs commentaires ont fusé. Ridicules, pénibles et lourds. J'ai entouré la nuque de Xavier de mes bras et je me suis mise à l'embrasser goulûment. Arrivés à notre hauteur, les crétins se sont arrêtés et ont applaudi. Sans leur accorder la moindre attention, Xavier et moi avons poursuivi notre baiser. Après quelques nouvelles remarques, déçus sans doute de ne pas nous voir réagir, Julien et ses copains se sont éloignés en nous envoyant une dernière moquerie. Je n'ai pas lâché les lèvres de Xavier avant d'être certaine qu'ils avaient bien disparu. Lorsque nos visages se sont éloignés l'un de l'autre, j'ai regardé Xavier dans les yeux et j'ai dit :

– C'est ça que tu voulais m'expliquer, n'est-ce pas ? Lorsqu'on t'embête, tu te concentres sur quelque chose que tu aimes...

Il m'a répondu qu'il appréciait follement ma manière d'interpréter ses paroles.

Je me suis tout à coup sentie plus légère. Ma vie ne se résumait pas aux difficultés que j'éprouvais avec Barbe-bleue et ma mère, même si elle était drôlement perturbée par celles-ci. J'ai fermé les yeux et j'ai rêvé : le destin m'avait offert de rencontrer Robert Littré et Xavier. Peut-être qu'un jour, il me donnerait de rencontrer mon père. Qu'un autre jour encore, il m'accorderait suffisamment de force pour dire bonjour à Barbe-bleue et pour oublier dans quel terrible mensonge ma mère et lui m'avaient fait vivre pendant quinze ans.